U0723922

爱就注定了一生的漂泊

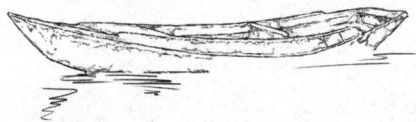

刘墉

著

中国出版集团　现代出版社

图书在版编目（CIP）数据

爱就注定了一生的漂泊 /（美）刘墉著.—北京：现代出版社，2018.9
ISBN 978-7-5143-6886-4

Ⅰ.①爱… Ⅱ.①刘… ②简… Ⅲ.①散文集—美国—现代
Ⅳ.①I712.65

中国版本图书馆CIP数据核字(2018)第170429号

爱就注定了一生的漂泊

作　　者：【美】刘　墉
责任编辑：申　晶
出版发行：现代出版社
地　　址：北京市安定门外安华里504号
邮政编码：100011
电　　话：010-64267325　64245264（传真）
网　　址：www.1980xd.com
电子邮箱：xiandai@cnpitc.com.cn
印　　刷：三河市国英印刷有限公司

开　　本：880mm×1230mm　1/32　　印　　张：7
版　　次：2018年9月第1版　　　　　印　　次：2018年9月第1次印刷
书　　号：ISBN 978-7-5143-6886-4
字　　数：85千
定　　价：29.80元

版权所有，翻印必究；未经许可，不得转载

▼ 目 录
▽
▽

自 序

深 情

大　地

问　园

自序

我疑惑那是面对生，抑或面对死的挣扎，

是为了自己的继续生存而求生，

还是为了下一代的不死而拼死？

愿每个漂泊者都不孤独

一九八九，我四十岁的那年，生命突然有了极大的转变——在儿子已经将进大学的时候，又添了个女儿。

妻临盆前，许多朋友都警告我："虽然医院准许丈夫进入产房，但是为你自己好，也为了对太太保有一分神秘感，你千万别去！"

但我还是去了。在听见妻子哀号时，忍不住抢过一件消毒衣穿上，冲进产房。

于是，我经历了终生难忘的一幕，看见妻子颤抖着、扭曲着，咬着牙，深深地吸气，再用那口气把脸挤成一团猪肝色。抓着她抖动而冰冷的双手，在她每次换气时深深的叹息中，我慌乱失措了，有一种茫然无助的感觉。我疑惑那是面对生，抑或面对死的挣扎，是为了自己的继续生存而求生，还是为了下一代的不死而拼死？

产钳左比不对，右比也摇头，剪一刀不够，再剪第二刀，血流成盆，泪流如雨，妻的脸色突然转为苍白，就在此刻，传来了一声清脆的啼哭——我一生听过最动人的声音。

我把血淋淋的孩子接过，送到旁边的小台子上，帮着护士挤眼药膏，眼皮滑溜溜的，拨不开，护士大喊："用力拨！伤不着的！你看头都挤成尖的，过几天也就会恢复正常！生命如果不坚忍，怎么有资格来到这个世界?!"

搂着那紫红色的小东西，看她不停地号哭、挣扎，我突然对生命产生一种前所未有的感动：

"世界上最伟大的东西，不是万物，不是宇宙，而是爱！我十分不合逻辑，甚至执着地认为，世界在存在一切之前，先创造了母爱，这世界也就是由此所凝结！"

　　确实，随着小女儿的成长，随着自己不断地付出爱，身体里好像有一个荒废已久的爱的"水龙头"，愈使用愈通畅，源源不绝地倾泻而出。

　　我的画风变了！在过去的凄冷荒寒中，加入明亮的调子：洗衣归来的女孩、雨中垂钓的少年、遍地的黄花、满池的新绿，都成为描绘的题材。

　　我的文风也变了，从过去的唯美派、田园派，发展出一种温馨的笔触。对社会的关怀提升了，对亲情的体察敏锐了，感情则变得更为脆弱。过去对小孩不太注意的我，现在居然会去关怀每个见到的孩子，觉得他们个个可爱，哪个孩子不是在母亲和他自己一番生死的挣扎之后，来到这个世界呢？

　　他们的额上都写着爱！

　　我甚至对小小的种子，都怀有一分虔敬与尊重，它们不都代表着生命吗？不也都是花朵们爱的结晶吗？把它栽下去，它就代表着未来的无限——无限爱的绵延！

对父母的爱、子女的爱、植物的爱、昆虫的爱、石头的爱、山水的爱、故园的爱、全人类的爱，忽然之间，全被唤起。直到我秋天返台前整理旧稿，才惊讶居然在不自觉的情况下，完成了这许多爱的篇章。

书名《爱就注定了一生的漂泊》，可以有多重的解释。从被爱所创造，到这个世界来漂泊，乃至为心爱的事业、心爱的人，而不断追寻。

有多少父母年轻时为了爱子女，希望他们能进入好学校、交到好朋友、吸到好空气，而不停迁移？年老时又因为舍不得子女，千里迢迢漂泊到地球的另一边！

生命是什么？

生命是爱，爱就注定了漂泊！

爱是绝对的，没有尊卑大小和品质之分，即使小动物的爱，也当被尊重；即使最平凡的人，也能拥有伟大而无私的爱的胸怀，如同那位躺在路边的浪人所呼喊的：

"你们爱自己的家，你们睡在家里面！

　　"我爱这个世界，我睡在世界的每个地方，你们都是我的家人，我爱你们！"

　　愿我们的爱，都能如此无私地扩大、延伸下去！

　　愿每个漂泊者都不孤独！

深　情

父母之爱·深情八帖

于是：

我们乘着爱的船

渡过忘川之水

漂泊到这个世界

漂泊过爱的一生

又载满舍不下的爱

漂泊到来世……

渡过忘川

婴儿为什么总是喜欢被摇呢?

美国的玩具店里,有电动的婴儿摇篮;爱斯基摩人的冰洞里,有毛皮缝制的摇床;连去九族文化村,都在山胞的房子里,看见藤子编成的摇篮。

是在母亲的腹中孕育时,浮游于羊水,像是在水中摇荡,所以出生之后,"摇"能唤起胎儿的记忆?

抑或在我们的前生结束之后,必要渡过"生之川流",饮过"忘川之水",才能进入今生,所以那摇,能唤起川流的回忆?

那么,当我们祝每一位孕妇顺产时,也蹲下身,对那腹中的小宝宝，说声"一帆风顺"吧！

每一次，摇宝宝入睡，我都这么幽幽地想……

生之港

婴儿入睡前，为什么总爱哭呢？

她哭着、喊着，甚至又踢又打，难道在那睡梦中会有恶魔出现吗？

抑或她怕跌回浑浑渺渺的忘川，又被往生娘娘带走了呢？

她必是有着以前的梦魇吧？！所以不愿入睡，在疲困的边缘挣扎着，直到撑不下去。

然后，她就笑了！

再不然，先咧咧嘴，做个哭的表情，又嘴角一扬，笑了出来。

于是我猜，必是在难忘的边缘，知道自己已经安抵"生之港"，不会再被遣送出境，而破涕为笑吧？

每一次，看宝宝入睡，我都这么幽幽地想……

小小的船

向你流去呵，向你流去！

以这一弯清浅蓝蓝的夜空向你流去！

今夜我是鸥、我是雁

我是来自南国的一条

小小的船！

载着椰子涛、榴梿香

还有一舷

海水的蓝！

向你流去啊！

向你流去！

上到我小小的船

载你去一个梦幻的城……

收拾东西,找到一首学生时代写的情诗,其中的"你",该是个可爱的少女。而我则是那小小的船。

多么罗曼蒂克,少男的情诗啊！

可是如今望着怀中的娃娃,又多么迷惑,觉得二十多年前的那首诗,竟是为这初生的女儿写的！

于是我的双臂,变为那只小小的船,而女儿则成了小船的乘客。

每一次哄娃娃入睡,我都唱自己少年时写的这首情诗,觉得很贴切、很温馨……

孩子多高了？

亲戚打电话来，问我小女儿的身高，想了又想，我说：
"我不知道！离开纽约三个月，小娃娃长得快，心里没个
准了！"

挂上电话，忽然有一种莫名的落寞。倒不全为了想
女儿，而是又回想起初抵美国的那一年。

一个中国餐馆的大厨，送来整桌的菜，鞠躬又鞠躬地，
勉强坐下来：

"对不起，早该来看您了。只是住在医院里，出不
来！"他用右手摸了摸左腕的绷带，"七年了！从跳船那
时算起……在餐馆里做了七年的炒锅！锅重啊，拿久了，

手腕都坏掉了！"转头看见我桌上儿子的照片："离开家时，我的孩子也就这么大。前些日，给孩子寄了衣服去，太太写信来，说太小了！怨我连孩子多高都不知道。快跟我一样高了，居然还寄童装回去……"他沉默了一下，低头深呼吸，"这边餐馆老板跟律师勾结，我的居留还不知要等到哪一年呢！"

三个月跟七年比起来，算得了什么？

我突然回到十三年前的那一刻，有了更深的落寞……

妈爱丑娃娃

自从外号叫"白玉娃娃"的孩子，定时被带到小公园来，原本在那儿聚集的妈妈和她们的小娃娃们，就突然不见了。

不是不见，只是大家都换了时间，避开跟白玉娃娃
站在一块儿。

"那孩子太漂亮了！真像是白玉雕的。浓浓的眉毛，
线条鲜明；下面一双大得出奇，又只见黑、不见白，像湾
深水的眼睛；翘翘的鼻子，小嘴旁边挂着两个深深的酒
窝！怎么世上最美的全长到她一人身上去了呢？！我们
娃娃两只眼睛，都不如她一只大！"

每个妈妈心里都这么说。有时不小心遇到白玉娃娃，
也止不住地夸赞。那是忍不住，自自然然，不得不赞叹的。
只是跟着便有些自惭形秽起来，连回家之后，都要对着
自己的娃娃左看、右看，叹口气："为什么比人家的白玉
娃娃差那么远？"

这种不平，持续了两三个月。突然妈妈们不再躲避
了，她们甚至选定白玉娃娃出现的时间，抱着自己的宝
宝去。

她们故意靠着白玉娃娃坐着，看看白玉娃娃，又看

看自己的孩子，然后手里搂得更紧、亲得更重、爱得更深：

"你虽比不上白玉娃娃，但妈妈疼你呀！妈妈爱你呀！你好伟大，让妈妈爱！妈妈好伟大，一心爱自己的丑娃娃！"

爱得心慌

"自从有了小孩，我在巷子里开车，就放慢了速度，总觉得可能会有幼童，从旁边冷不防地跑出来，而那个幼童或许正是自己的孩子！"一个朋友歪着头，像是喃喃地沉思，"可是我的孩子才八个月大啊！刚学爬，怎么可能上街跑呢？我却觉得满街的孩子都变成她了，好多好多可爱的小东西，摇摇摆摆地走着！摇得我心好慌，所以，所以……"

所以过了老半天，他突然脸色一正："我不打算开车了！"

家要怎么写？

在东亚美术概论的课上，介绍中国文字，有个学生突然举手：

"'太'字应该是'犬'字，有几个人会把狗扛在肩上？当然是牵着走，所以点子应该在下面，不在上面！"

"'犬'字应该是'宝宝'！"一个女学生说："宝宝坐在肩上！"

"那么'家'这个字也错了，房子里有'豕'不算家，那是农舍！"又有学生喊。

我有些火大，叫那学生到前面来："你说家应该怎么写？"我指了指黑板。

"字！"她写了好大的一个"字"：

"'字'才算是家，房里有孩子，是家！"

烽燹中的小花

忠孝东路上大排长龙。虽坐在冷气车里，仍然让外面飞扬的尘土、污染的空气熏得直要窒息。

突然看见一个年轻妈妈，抱着她一岁左右的娃娃，快步从车缝中跑过街。她的姿势很美、脚步很轻，有点儿像是舞蹈，左斜、右斜，又转个圆弧，一下子跳上街心的安全岛。

那手中的娃娃高兴得咯咯咯地笑了，妈妈也笑，好像母子正做凌霄飞车的游戏似的。多么天真的娃娃啊！

多么洋溢着母爱的小妈妈啊！我却突然禁不住地想哭：

凭什么我们能拥有这样美丽的母子？她们原本应该属于青青的草地、悠然的街道和娴静的巷弄啊！那孩子天真的咯咯的笑声和年轻妈妈舞蹈般的步子，与这周遭的暴戾多么不调和！

那孩子正吸进足以致病的含铅废气，那妈妈正带她穿过一群非但不知同情与礼让，甚至像要吞噬她们的车海啊！

我看到一枝幽香的忍冬攀过荆棘，我看到一朵雏菊在野火中绽放！

生命之爱·真好

从追求年轻的奔跃、
肉体的激情、
金钱的力量，
到仅仅是"活着"。

在大学主编校刊，见过许多同窗的好作品，内容都不记得了，唯有一篇文章的题目，始终未曾忘记——

"年轻，真好！"

在报纸副刊的女作家小说集里，看到一段动人的情节，倒不是其中对少女初历人事，云雨缠绵的描写，而是那少女在激情时说的一句话：

"有身体，真好！"

一家人到佛罗里达度假，坐在海洋世界的湖边，看孩子挤在人群中跳草裙舞，阳光和煦，海鸥翩翩，妻笑着说：

　　"有钱，真好！"

　　二十多年的老朋友，自从大前年在纽约见过一面，便一直联系不上，打电话过去，也总是没人应，最近突然接到信，行间不再是干云的豪气，却满是人生的哲理，尤其临结尾的一句话，振人心弦：

　　"活着，真好！"从追求年轻的奔跃、肉体的激情、金钱的力量，到仅仅是"活着"。

　　这，就是生命的历程吧！

老年之爱·深长的爱

当我们七老八十，
有一天晚上老头子突然来了莫名其妙的
兴致，
伸手过去，
摸着老太婆干瘪而下垂的乳房，
老太婆一笑，露出了没牙的嘴……

　　车子停在十字路口，一对老夫妇相互扶持地走过，总是爱开黄腔的司机老林，突然歪头又有所感地笑着说："想想！当我们七老八十，有一天晚上老头子突然来了莫名其妙的兴致，伸手过去，摸着老太婆干瘪而下垂的乳房，老太婆一笑，露出了没牙的嘴……"

　　不知道这是不是他开玩笑的话，只觉得有一种特殊的味道，并在心中自自然然地，勾出一对风烛残年老人的轮廓。

　　这已是十三年前的事。老林早退休了，我也离开中视多年，但他的这段话，却常常在脑海浮起。

多么蕴藉温馨的画面哪！看来属于色情的描述，却
显得那么纯真而感人。欲已经随着年华的消逝而淡远，情
像是深藏的醇酒般，变得更耐人寻味。使我想起不知哪
位诗人有过这样的句子：

　　　　早已喝完的酒瓶

　　　　依旧藏在柜子深处

　　　　偶然拿出来

　　　　砰的一声，打开瓶盖

　　　　嗯！啊啊……

　　　　犹然是初恋时的芬芳啊！

　　　　便又悄悄盖上

　　　　塞回柜子的深处……

何其悠远、恬淡的爱！看似随着年轻时豪饮而尽的
一瓶酒，按紧了盖子，放在心灵柜子的深处，且在数十

年后的某一个日子，偷偷地取出来……

这，才是真正地饮着！

这，才是深长的爱！

赤子之爱·父亲的画面

三十二年了，直到今天，
每当我被蚊子叮到，总会想到我那慈祥的父亲，
听到啪的一声，
也清清晰晰地看见他手臂上被打死的蚊子
和殷红的血迹……

　　人生的旅途上，父亲只陪我度过最初的九年，但在我幼小的记忆中，却留下非常深刻的画面，清晰到即使在三十二年后的今天，父亲的音容仍仿佛在眼前。我甚至觉得父亲成为我童年的代名词，从他逝去，我就失去了天真的童年。

　　最早最早，甚至可能是两三岁的记忆中，父亲是我的溜滑梯，每天下班才进门，就伸直双腿，让我一遍又一遍地爬上膝头，再顺着他的腿溜到地下。母亲常怨父亲宠坏了我，没有一条西装裤不被磨得起毛。

　　父亲的怀抱也是可爱的游乐场，尤其是寒冷的冬天，他常把我藏在皮袄宽大的两襟之间，我记得很清楚，那里面有着银白色的长毛，很软，也很暖，尤其是他抱着我来回走动的时候，使我有一种居高临下的优越感。我一生中真正有"独子"的感觉，就是在那个时候。

父亲宠我，甚至有些溺爱。他总专程到衡阳路为我买纯丝的汗衫，说这样才不致伤到我幼嫩的肌肤。在我四五岁的时候，突然不再生产这种丝质的内衣。当父亲看着我初次穿上棉质的汗衫时，流露出一片心疼的目光，直问我扎不扎。当时我明明觉得非常舒服，却因为他的眼神，故意装作有些不对劲的样子。

母亲一直到今天，还常说我小时候会装，她只要轻轻打我一下，我就抽搐个不停，且装作上不来气的样子，害得父亲跟她大吵。

确实，小时候父亲跟我是一伙，这当中甚至连母亲都没有置身之处。我们父子常出去逛街，带回一包又一包的玩具，且在离家半条街外下三轮车，免得母亲说浪费。

傍晚时，父亲更常把我抱上脚踏车前面架着的小藤椅，载我穿过昏黄的暮色和竹林，到萤桥附近的河边钓鱼，我们把电石灯挂在开满姜花的水滨，隔些时在附近用网子一捞，就能捕得不少小虾，再用这些小虾当饵。

我最爱看那月光下，鱼儿挣扎出水的画面，闪闪如同白银打成的鱼儿，扭转着、拍打着，激起一片水花，仿佛银粟般飞射。

我也爱夜晚的鱼铃，在淡淡姜花的香气中，随着沁凉的晚风，轻轻叩响。那是风吹过长长的钓丝，加上粼粼水波震动所发出的吟唱；似乎很近，又像是从遥远的水面传来。尤其当我躲在父亲怀里将睡未睡之际，那幽幽的鱼铃，是催眠的歌声。

当然父亲也是我枕边故事的述说者，只是我从来不曾听过完整的故事。一方面，因为我总是很快地入梦；一方面由于他的故事都是从随手看过的武侠小说里摘出的片段。也正因此，在我的童年记忆中，"踏雪无痕"和"浪里白条"，比白雪公主的印象更深刻。

真正的白雪公主，是从父亲买的《儿童乐园》里读到的，那时候还不易买这种香港出版的图画书，但父亲总会千方百计地弄到。尤其是当我获得小学一年级演讲比赛冠军时，他高兴地从国外买回一大箱立体书，每页翻开都有许多小人和小动物站起来。虽然这些书随着我十三岁时的一场火灾烧了，我却始终记得其中的画面。甚至那涂色的方法，也影响了我学生时期的绘画作品。

父亲不擅长画画，但是很会写字，他常说些"指实掌虚""眼观鼻、鼻观心"这类的话，还买了成沓的描红簿子，把着我的小手，一笔一笔地描。直到他逝世之后，有好长一段时间，每当我练毛笔字，都觉得有个父亲的人影，站在我的身后……

父亲爱票戏，常拿着胡琴，坐在廊下自拉自唱，他最先教我一段《苏三起解》，后来被母亲说："什么男不男、女不女的，怎么教孩子尖声尖气学苏三？"于是改教了大花脸，那词我还记得清楚：

"老虽老，我的须发老，上阵全凭马和刀……"

父亲有我已经是四十多岁，但是一直到他五十一岁过世，头上连一根白发都没有。他的照片至今仍挂在母亲的床头。八十二岁的老母常仰着脸，盯着他的照片说："怎么愈看愈不对劲儿！那么年轻，不像丈夫，倒像儿子了！"然后她便总是转过身来对我说，"要不是你爸爸早死，只怕你也成不了气候，不知被宠成了什么样子！"

是的，在我记忆中，不曾听过父亲的半句斥责，也从未见过他不悦的表情。尤其记得有一次蚊子叮他，父亲明明发现了，却一直等到蚊子吸足了血，才打。

母亲说："看到了还不打？哪儿有这样的人？"

"等它吸饱了，飞不动了，才打得到。"父亲笑着说，"打到了，它才不会再去叮我儿子。"

三十二年了，直到今天，每当我被蚊子叮到，总会想到我那慈祥的父亲，听到啪的一声，也清清晰晰地看见他手臂上被打死的蚊子和殷红的血迹……

人群之爱·别让自己更孤独

我回家用肥皂不断地洗身体，
甚至用刷子刷，希望把自己洗白些，
但洗下来的不是黑色，
是红色，
是血！

　　傍晚，我站在台北办公大楼的门前，看见一辆公共汽车驶过，有个黑人正从后排的车窗向外张望，我突然兴起一种感伤，想起多年前在纽约公车上见到的一幕：

　　一个黑人妈妈带着不过四五岁的小女儿上车，不用票的孩子自己跑到前排坐下，黑人妈妈丁零当啷地丢下硬币。但是，才往车里走，就被司机喊住：

　　"喂！不要走，你少给了一毛钱！"

　　黑人妈妈走回收费机，低头数了半天，喃喃地说："没有错啊！"

　　"是吗？"司机重新瞄了一眼，挥挥手，"哦，没有少，你可以走了！"

令人惊心的事出现了，当黑人妈妈涨红着脸，走向自己的小女儿时，突然狠狠出手，抽了小女孩一记耳光。

小女孩怔住了，捂住火辣辣的脸颊望着母亲，露出惶恐无知的眼神，终于哇的一声哭了出来。

"滚！滚到最后一排，忘了你是黑人吗？"妈妈厉声地喊，"黑人只配坐后面！"

全车都安静了，每个人，尤其是白人，都觉得那一记耳光，是火辣辣地打在自己的脸上。

当天晚上，我把这个故事说给妻听，她却告诉我另一段感人的事：

一个黑人学生在入学申请书的自传上写着："童年记忆中最清楚的，是我第一次去找白人孩子玩耍。我站在他们中间，对着他们笑，他们却好像没看见似的，从我身边跑开。我受委屈地哭了，别的黑小孩，非但不安慰，反而过来嘲笑我：'不看看自己是什么颜色。'我回家用肥皂不断地洗身体，甚至用刷子刷，希望把自己洗白些，但洗下来的不是黑色，是红色，是血！"

多么触目惊心的文字啊！使我几乎觉得那鲜红的血，就在眼前流动，也使我想起《汤姆历险记》那部电影里的一个画面——

黑人小孩受伤了，白人孩子惊讶地说："天哪！你的血居然也是红的！"

这不是新鲜笑话，因为我们时时在闹这种笑话，我们很自然地把人们分成不同等级，昧着良心认为自己高人一等，故意忽略大家同样是"人"的本质！

最近有个朋友在淡水找到一栋他心目中最理想的房子，前面对着大片的绿地，后面有山坡，远远更能看到观音山和淡海。但是，就在他要签约的前一天，突然改变心意，原因是他知道离那栋房子不远的地方，将要建居民住宅。他愤愤地说："你能容忍自己的孩子去跟未来那些平价住宅的孩子们玩耍吗？买两千万元的房子，就要有两千万身价的邻居！"

这也使我想起多年前跟朋友到阿里山旅行，坐火车到嘉义市，再叫出租车上山。车里有四个座位，使我们不得不与一对陌生夫妻共乘。

途中他们认出了我，也就聊起来；从他们在鞋子工厂的辛苦工作，谈到我在纽约的种种。

下车后，我的朋友很不高兴地说："为什么跟这些小工说那么多？有伤身份！"

实在讲，他说这句话正有伤他自己的身份！因为不懂得尊重别人的人，正显示了他本身的无知，甚至自卑造成的自大。

我曾见过一位画家在美国画廊示范挥毫，当技惊全场，获得热烈掌声之后，有人举手："请问中国画与日本画的关系。"

"日本画全学自中国，但是有骨没肉，丝毫不含蓄，不值得一看！"

话没完，观众已纷纷离席。

他竟不知道——

"彰显自己，不必否定他人！

你可以不赞同，但不能全盘否定！"

否定别人的人，常不能有很好的人际关系，因为他自己心里有个樊篱，阻挡了别人，也阻碍了自己。

有位美国小学老师对我说："当你发现低年级的孩子居然就有种族歧视的时候，找他的父母常没用，因为孩子懂什么？他的歧视多半是从父母那里学来的！只是，我操心这种孩子未来在社会上会变得孤独！"

我回家告诉自己的孩子：

"如果你发现这个社会不公平，与其抱怨，不如自己努力，去创造一个公平的社会。所以当你发现白人歧视黄种人时，一方面要努力，以自己的能力证实黄种人绝不比白种人差，更要学会尊重其他人种！如果你自己也歧视黑种人、棕种人，又凭什么要白种人不歧视你呢？！"

　　正因此，我对同去阿里山，和那位买淡水别墅的朋友说："我们多么有幸，生活在没有什么明显种族区别的台湾，又何必要在自己的心里划分等级?！小小的台湾岛，立在海洋之中，已经够孤独了，不要让自己更孤独吧！"

纯粹之爱·绝对的爱

绝对的爱，一生能得几回？
能爱时，就以全部的生命去爱！
能被爱，就享受那完全燃烧的
一刻。

念大学的时候，有一位教授曾经神秘又带着几分得意地说："你们要知道，今天看到的漂亮师母，是我的第二任太太。至于第一个嘛，是家里在乡下为我娶的，不识字的婆娘，没什么情感，所以一出来念书，就甩了！"

"那位师母现在怎样了呢？"我不识趣地问。

教授一怔，偏过脸去："在老家带孩子吧！"

这一幕，至今仍清晰地常在我眼前浮现。倒不是为了教授十分不悦的反应，而是他所说的那段话。

我常想，是不是父母之命的婚姻，就都没有情感？即使生了几个孩子，生活许多年之后，仍像初入洞房时般的陌生？

我也常想，那媒妁之言成婚的夫妻，在一方亡故时，生者伤痛欲绝，难道都是面对旧礼教社会所作的表演，骨子里是根本不爱的？

它让我想起另一位教授讲的故事：

有一天我到老学生家做客，那男学生一个劲儿地抱怨夫妻感情不佳，说尽了老婆的不是。这时，从里屋跑出一个大男孩。我问："这是什么人？"

"我的儿子！"学生答。接着继续讲自己从头就不高兴父母安排的婚事。这时里面又跳出一个小女孩。

"这是我的女儿！"学生介绍，"长得很像那讨厌的女人。"说着居然又爬出一个娃娃，看来不过八九个月大。

"这是……"

"这是我刚添的小男孩！"学生再介绍，又继续未完的抱怨，"我跟那女人，已经几年不说话了！您知道吗？她才初级识字班毕业呀！"

于是，这又使我深思：是不是知识差的人，没有资格谈感情？一个文盲的爱情，绝对无法与学者的爱情相比？村妇的爱，更在层次上远不及仕女的情？

爱，到底有没有等级之分？是不是如同架子上的商品，因品质、产地、形式的不同，而有高级、低级的差异？

如果是，那么甩掉一个无知的村妇，让她去哭得死去活来，守一辈子的活寡，为公婆服一生的劳役，再默默地凋萎、缩小、消逝，就是对的！

大家不都歌颂郎才女貌、珠联璧合、学问财富、门第相当的婚姻吗？当小说中描述一个黝面的村妇自愿成全杰出的丈夫，跟世家千金、貌美如花的小姐，到大城市里结为一对玉人的时候，读者不都暗自为他们高兴吗？

看！当乐声悠扬，那一对新人滑入舞池，翩翩旋转，如两朵灿烂的莲花，而四座高贵的宾客举杯，为他们祝福，该是多么完美而令人兴奋的结局？

这更让我想起二十多年前看过的残酷大世纪影片中

拍摄的真实片段，高级、进化的白种人，在非洲草丛，如同猎捕小动物般地，抓住矮小的黑人，一刀切下他的……再塞入那小黑人的嘴里……

那小黑人是一种半人类，或者根本不是人类嘛！他们没有文字，甚至没有完整的语言，只是一种动物！所以猎杀他们，是不必有罪恶感的！

他也使我想起在《教会》这部影片中，当文明人听见那"小动物"（野蛮人）居然能唱出优美的歌声时，所露出的惊讶表情。

没有受教育、不文明、不开化的人，是否不能称之为人，如同他们的爱，可以不被承认呢？

我有一个朋友，同时交了三位极亲密的女友，当人们批评他的时候，他说："你们知道爱是什么吗？爱就是自己，也就是自己的生命！这世上有什么比自己的生命更宝贵的呢？

"那么，就用我的生命来解释我的爱吧！

"我虽然同时有三个恋人，但对她们每一个，都是百分之百的。当她们其中任何一人，失足滑到悬崖边上，而去救的人，九成会被拉下去。我都会毫不犹豫地过去救她。也可以说我愿意为她们每一个人，牺牲自己的生命。

"如此说来，我的哪段爱，不能称为百分之百的爱、无可怀疑的爱？"

从他的这段话去思想，凡是能以自己全部的生命去爱的，都应该被承认，谁能讲那是错的呢？

如果说那位初级识字班的妻子、文盲的妇人、未开化的小黑人，都能为他们所爱的人，牺牲自己的生命，我们能因为他们的无知、未开化，而否定他们的爱吗？

更深地推论下去，看到主人危难，毫不迟疑地扑身救援的义犬，在它们心中，那简简单单思维中的"爱"，不也是百分之百该被尊重的爱吗？

"功烈有大小，死节无重轻！"这是千古不易的道理，正因此，我不认同孔子说的"微管仲，吾其被发左衽矣。

岂若匹夫匹妇之为谅也，自经于沟渎而莫之知也"。

一个人因爱主、爱国而捐出生命，那爱难道还要被分列等级吗？

生命平等！生命都应被尊重！爱情平等！只要是爱，就应该被尊重！

有位女孩对我说：

"如果两个男人都说百分之百爱我，但是一个虽然当时爱得死去活来，过不多久，就可能改变；另一个能维持长久，则后者是真正的爱。"

又有两位曾经一起殉情，后来却分手的男女，各对我诉说对方的不是，悔恨自己殉情时弄昏了头，根本不是真爱。

我对他们说：

"有些颜料可以维持较久的时间，有些则很快会褪色。但是当你用它的时候，如果它们都是百分之百、无可置疑的红色，浓度和鲜丽度完全一样，你能说由于其中一种未来比较容易变色，当时就不是红吗？

"爱情就像色彩，它们是可能有基础、材料的不同，有知识、种族的差异，有感性、理性的区分，甚至有所谓经得起、经不起考验的顾虑。

"但是，就爱本身而言，只要那爱的当时，是生死与之，以整个生命投入的，就是'绝对的爱'！"

尊重那绝对的爱吧！虽有的可能化为轻烟、灰烬，但那燃烧的一刻，就是火啊！

绝对的爱，一生能得几回？能爱时，就以你全部的生命去爱！能被爱，就享受那完全燃烧的一刻。

这世上，哪个颜色能永不褪色？

唯有画的当时，百分之百的鲜丽！

于是，只要有绝对的爱，又岂在朝朝暮暮？又岂在短短长长？

中年之爱·陶然自醉

今天，你心中的爱是一颗颗晶圆的葡萄；

那时，你心中的爱是一盏醇酒。

不必醉人，你早自醉！

不必倾诉，你已陶然！

　　如果看到一幅漫画，画着十八九岁的小伙子抱着婴儿喂奶，给人的感觉多半是狼狈。但是如果画着一个两鬓已经飞霜的中年父亲，抱着孩子喂奶，却可能给人一种怡然的感受。

　　是不是因为年轻的父亲，正该开展事业，难有闲暇照顾孩子，所以感觉得匆忙而狼狈？抑或因为中年人事业多半已有所成，老来得子，便予人一种"有子万事足"的感受呢？

　　实际观察，年轻的父母确实不如中年初为父母感觉得强烈，倒不一定是中年人久盼终于获得，而是没有那份悠闲，心底也可能少一些"那种说不出的、不吐不快的爱"！

想想：二十岁，有些年轻人还要父母叮嘱加衣服呢！他们仍在企盼、接受上一代的爱，如何突然转哺给下一代？当然，他们会深爱自己的孩子，但那份爱，多半属于天性，而少有后天的感动。

对的，后天的感动！当你在人世浮沉，爱过、恨过、奉献过、负情过、承受过，就如同吃了太多、饮得太过的人，再经一番风浪颠簸，心头有着难抑的翻搅，是不吐不快的。

尤其当中年以后，感觉身体逐渐衰老，死亡的阴影远远出现，自己的亲长又一一消逝的时候，因为对死亡的认知，愈肯定了生的价值。

抱着怀里的小生命，你知道当他生龙活虎，自己已经衰老；自己看不到的未来、登不上的星球，那小生命都可能代表你去看、去经历。

你也可能告诉自己，千万要保养着，不可早逝，免得这个小生命失去依靠：或是喃喃地对孩子说："当有一天父母的行动迟缓，便要倚仗你有力的手了！"

当然，你也可能知道，愈晚得来的孩子，与他在一起的时日便愈短。但是，你不会怨恨他回馈你的时间不多，反而更珍视你们的每一个日子。

年轻的朋友，请不要怪我讲的与你目前感受不符。而请记取我的这一番话，到你的中年、老年去咀嚼！

今天，你心中的爱是一颗颗晶圆的葡萄；那时，你心中的爱是一盏醇酒。不必醉人，你早自醉；不必倾诉，你已陶然！

慕之爱·一盏风灯

只是想，如果有一天那少女成了妇人，妇人佝偻了双肩，
而那盏风灯依旧……
只是想，如果有一天我随着你的风灯和长发，
走进你的小屋……

黄昏时，你总是挂一盏风灯。

在你门前的树上。

当我每晚驰车归去，便见它在深蓝的夜色中

摇荡……

偶尔我会停下车，你便飞也似的跑出来，羞怯地摘下灯，又踮着脚尖，一溜烟儿地奔回你的小屋。

多半的时候，我只是匆匆驰车而过，便见小窗内的你，微扬着手，仿佛招呼，又道一声晚安。

于是每一次经过你的灯前，我就加深一次矛盾。

黄叶飘零，凄风冷雨的秋夜，本是我急着回家的时刻，因为我那贤惠的妻子，正在门前引颈盼望。只是轮子辗过潮湿的地面，竟是你千声的怨叹。

细雪纷飞，满眼银白的冬夜，本是我急着回家的时刻，因为我那白发的母亲，正生起一炉红红的炭火。只是雪花飞上车窗，竟然变成你门前万盏的风灯。

斜光朗朗，白昼特长的夏季，本是我急于回家的时刻，因为我那初试步的幼女，正坐在草地上嬉戏。只是黄昏的天空，竟然是你那盏风灯的扩大，从四面向我拥来。

于是我便一次又一次地停驻，看你飞奔而出，摘下风灯，又轻盈地奔去。

或许那盏风灯是为我而悬吧！

或许是为每一个孤零零穿过这林间小路的人悬挂。

或许你只是希望有个人能欣赏你巧手做出的风灯。

这些事我都不想知道。

只是想，如果有一天那盏风灯不再悬挂，那扇小窗不再敞开，那少女不再飞身出来摘灯，那脸上的神采不再羞怯……

　　只是想，如果有一天那少女成了妇人，妇人佝偻了双肩，而那盏风灯依旧……

　　只是想，如果有一天我随着你的风灯和长发，走进你的小屋……

风之爱·许多风跑了过去

……用她的身体，滚过一遍又一遍。

看着看着，竟觉得那像是人的胸腹之间，

有脉搏、有呼吸、有生命。

自从为小女儿在院子里装了风车，风车的模样就更多了！

那是一个连着木偶的风车，风一吹，上面的白胡子老公公便开始砍柴，风吹得愈急，风车转得愈快，老公公也就忙得愈起劲。

于是原本充满各种"树声"的后园，便加入了砍柴的声音，当狂风吹过林子，飒飒一片如涛声传来，其间更多了一种较规则的节拍。

只是细细听，又常让人纳闷。有时候群树乱舞，不闻风车响，过一刻风车猛转，后面的森林却已悄然。

　　坐在院子里写稿，那感觉就愈强烈了！桌子与风车不过咫尺，此处有风，彼处无风；或桌上无风，风车狂转，竟判若两个世界。

　　渐渐领悟风不仅是一阵一阵，且分头前进，成为一缕一缕。每一缕风，各自为政，也各自奔走，甚至各有各的面貌。

　　今早到曼哈顿去，过时代广场时，伫立良久，因为在一片新设的广告墙上，我看到了风的真切面貌。

　　广告墙是以千万片悬浮如鱼鳞般的小亮晶片组成，随着风吹，那晶片便高低起伏，反射出各种光彩。晶片非常敏感，想必轻如鸿毛，即使一丝风动，也留下痕迹。于是我看到了风的手，抚过一遍又一遍，且用她的身体，滚过一遍又一遍。看着看着，竟觉得那像是人的胸腹之间，有脉搏、有呼吸、有生命。

　　这一景象把我带回儿时，解释了当年的困惑。那时离家不远就是稻田，当稻穗成实，在夕阳下远远看去，能幻化出千万种金黄。

因为阳光是斜的，每一波倒下去的稻穗，就跌入阴影之中，再度挺起时，又因为承接阳光，而灿烂闪耀。当时在课本里正读到"千顷稻浪"，却怎么看也不觉得那稻如浪。因为浪是一波一波、一纹一纹的，而眼前的稻浪，却是回旋变化，忽高忽低、忽左忽右，又霎时像有一支无形的笔，画着一圈又一圈……

直到今天，我终于能描摹出风的样子，那是软软的、好像魂魄般似有形又无形的东西，有尾巴、有裙角、有扫帚、有长发，且有着伸缩自如的纤纤十指。

"不是一阵风吹过！"我对小女儿说，"听！许多风跑了过去，有一个正在玩我们家的风车呢！"

花之爱·昙花

美若没有几分遗憾，
如何能有那千般的滋味？！

小时候，院角种了一棵昙花，几乎从来不曾刻意去照顾，只有母亲偶尔放几个剩下的蛋壳在四周，到了七八月间，却能一开就是十余朵。

起初的几年，家人倒还打亮了灯，过去欣赏，后来只觉得院子里有些幽香传来，想是昙花又开了，第二天便见一朵朵凋垂的花，冷冷地挂在枝头。

昙花不像小小的茉莉，可以插在发上、襟上，带来一日的馥郁；也不像含笑或玉兰，愈是艳阳天，愈香得醉人。

她只是偷偷地从叶间探出，以不过七八天的时间，长大到原先花芽的千百倍，再找一个不知名的夜晚，也或许是凄风苦雨的时刻，忍不住地绽现。

就只是一瞬啊！在那人声、车声、鸟声，都已消敛的夜晚在那无蜂、无蝶、暗暗阴阴的一角，以她对夜的坚持，偷偷开展薄如白纱的花瓣。

是什么力量，使她长长如喇叭的花柄，能向上弯转扬起，支撑这一朵如玉之花？是什么力量，使那纤纤剔透的花瓣，能向后深深地开展，露出里面上百的蕊丝与花药？又是什么原因，使她在不过两三小时之后，再幽幽地合拢，缓缓地垂头？

这世上许多花，开了便是开了，凋落时也是以一种开放的姿态。譬如那高大的木棉、幽香的缅栀。更有许多凋零便是凋零，一片片卸下自己的装扮，零落如一季花雨的樱、梅与桃花。

这世上也有些花在白日绽开、夜晚收拢，次日还能再度绽放，像是如杯的郁金与亭亭的菡萏。

香幽的诱人，甜美的招蜂，艳丽的引蝶。哪一朵花不是为播散自己的爱恋、传递自己的情愫，或展示自己的美丽而绽放？

只有昙花，如此执着地选择孤独、宁静的夏夜，绽放出这世间难觅的莹洁之花。

或许正因为莹洁如玉吧！使她无法忍受那白日的喧闹；也或许因为她的娇弱，使她竟受不得注目；更或许因为她的过度完美，使她必要如流星般陨落！

否则，如何有伤逝的感怀、淡远的余情？

美若没有几分遗憾，如何能有那千般的滋味？！

在植物书上查到，昙花原产于中美洲的森林，方知她本不是尘世间的俗物，而当作深林中的隐士，于是我以密密的林木、热带的芋头类和攀爬的常春藤，还有那朦胧之月，作成这张画。

书题"夜之华"，也可做"夜之花"，只是觉得昙已美得不能以花名之，所以用"华"，那是夜的精华，也是夜的光华！

花之爱·野姜花

突然有一闪白光，从姜花丛中升腾而起，
翩跹如一位白衣仙子、
水的精灵、花的化身，
瞬时穿过那团月晕，
消失在千顷烟波之间……

野姜花，只听那"姜"字，就给人一种冷冷的感觉，又仿佛喝姜汁麦芽酒，甜美中带着一丁点儿的"辛"香。至于加上个"野"字，就更有味了，那无拘无束，在山溪水滨一片摇曳的长叶白花，便幽幽地在记忆中摇摆了起来。

我爱姜花，如同我爱童年，姜花就是我童年的化身，我的童年也如同姜花。

小时候，常到家附近的溪边捞小鱼，我总是一手捧着竹制的畚箕，一手拨开丛丛的姜花，行至膝深处，再缓缓将畚箕浸入溪水。

小河里偶有水蛇出现，色彩斑斓地成群顺流而下，每次守望的一叫，溪里的孩子就拉着姜花往回跑。姜花的茎很结实，根又扎得深，所以抓着姜花，就像抓着绳子，连涨水也不用怕了。

捞到小鱼之后，我们常坐在岸边，抽姜花叶鞘的纤维，把鱼穿起来。鱼腥，而姜花的叶子正能去腥，有时回家洗手之后，鱼腥没了，倒还觉得留下一抹淡淡姜花的辛香。

　　最爱在夕阳消逝、将夜未夜、晚天泛上一抹深蓝的时候看姜花，每一朵花都变得无比亮丽，仿佛能从水边跳出来似的。

　　最爱在月夜看姜花，那光滑茎直的叶片，在月光的照射下成了银白色，如同出鞘之剑，高举着欢呼。

　　最爱在风中、雨中欣赏姜花，宽大的叶片，点滴凄清，且摇曳摩挲着，发出絮语。更有那冷冷的幽香，似有似无地在水边漂游，突然吸到，心头一震，随之一醉！

　　成年之后，就少接触姜花，有一回到乡下去，看见溪边的姜花，便停车与朋友下去采，结果我满载而归，对方却败兴而返。

　　看他羞得脸红，我笑说："这不能怪你，因为你不熟悉姜花，徒手搏斗，当然折不断她那强韧的茎。而我先在路边捡了一块锐利的小石片，用割的方法，所以能带回整把的姜花。不过你如何跟我比呢？我是在姜花丛中长大的啊！"

　　至于近年印象中最美的姜花，要算是一次大溪之行所见到的了。由于花店里买的,总被剪得只剩一两片叶子,而不适合写生。当我从角板山回台北,路过大溪的一处河边,看到成片的姜花时,虽然夜色已浓,仍冒险走向水边。

沁心的幽香啊!不知因为姜花如同晚香玉,属于夜里特别芬芳的花种,抑或清凉的晚风,最宜于凝聚姜花的冷香。我如童年般涉入溪水,摇曳的花影,使我觉得像是游走于儿时的梦境。一轮银月,则透过晚岚,洒下柔柔的光晕,仿佛一张银网,撒入溪中,激荡起万点轻波。突然有一闪白光,从姜花丛中升腾而起,翩跹如一位白衣的仙子、水的精灵、花的化身,瞬时穿过那团月晕,消失在千顷烟波之间。

于是我以勾勒法画了那片水边的姜花,淡淡地加上几抹水绿,表现反射着月光的花叶,又以喷雾遮掩的技巧,制造一片夜色和朦胧的月晕。至于那凌波的仙子——白鹭,则以淡墨表现一袭白羽,逆光看来的莹洁与透明,且让她幽幽地融入远天……

花之爱·群花有约

依依恋恋地这边送情人上了车，
跟着飞奔另一位情人，
且到达时不能露出一丝香、
一滴汗，
否则便不是翩翩佳公子的洒脱！

这几天被花忙杀！花之忙人，大概一是种花人为花辛勤，一是赏花人目不暇接。至于我，则属于少有的第三者——为画花而忙。

杜甫有诗："眼见客愁愁不醒，无赖春色到江亭。即遣花开深造次，便教莺语太叮咛。"其中用"无赖"形容春色，又以"造次"比喻花开，真是对极了！大概冬天忍得太久，春天一暖，花便争发，鸢尾、芍药、紫藤、蔷薇，几乎一夜之间，全开了。使我这个既爱赏花，又喜欢画花的人，顿时乱了方寸。

画花的人，最能惜阴，今日花开、明日花开，你因为忙而不画，难保后天没有一阵狂风骤雨，瞬间谢了春红。古人说"若待皆无事，应难更有花"，就是这个道理！

因此，不论手头的事有多忙，花一开，便不得不搁下来，拿着写生本，一花接一花跑，倒像是忙碌的政客，应付许多应酬。

以政治应酬来比喻画花，真是煞风景，画花本是风流事，要得闲散飘逸的趣味，一沾上"忙碌"二字，就落得俗了。

赶赴群花之约，功夫就在这儿。尽管在一花与一花之间奔劳，既然来到花前，便要气定神闲，迈着方步，左看看、右探探，一会儿俯视，一下子蹲在地上仰观，只有这样才能找到最美的角度。然后坐定，更是徐徐展纸，先看位置、布局，然后才能落墨。否则左边花起高了，右边的花就出了画纸之外，如何在小小写生册中，容得群芳，而且各见姿态，最是学问。

所以我常比喻赴群花之约，像同时交许多女朋友，得早早算好各人的时间，排定约会顺序，而且地点相距恰当，于是一约扣着一约，依依恋恋地这边送情人上了车，跟着飞奔向另外一位情人，且到达时不能露出一丝香、一滴汗，否则便不是翩翩佳公子的洒脱！

眼看天气要变，怕明早盛开的芍药全低了头，十点多仍然拿着手电筒，到院子里剪了几枝，插在瓶里，打算熬夜画了，纸才摊开，却见妻睡眼惺忪地下楼："梦里，突然被一阵花香熏醒，才发现你楼上的昙花开了！"

"才五月！雪没过去多久，就开昙花？"我冲上楼，果然满室馨香，那朵偷偷绽放的昙花，开得比秋天还大。

"昙花最不等人，只好放下芍药，先画昙花了！"

我叫儿子把昙花盆推到屋子中央，架起灯光，比了又比，既恐不够亮，又怕直射的强光伤了娇客，再搬来一只纸箱当桌子，把写生册和工具全移上楼，那花朵已经由初绽，逐渐开满。尤其糟糕的是，当我由花的一侧起笔，画到另一侧，花瓣已经转换了角度。

　　绕着垂在中间的昙花，趁着盛放，从不同的角度写生，手心冒汗、脚底也冒汗，更惦着楼下一瓶芍药，门前一丛鸢尾、檐前一片紫藤，竟觉得自命风流的唐伯虎，有些登徒子的狼狈起来……

花之爱·被尊重的生命

这小妖怪，

只要浇水，

就会慢慢长大……

儿子的同学送他一个圣诞礼。迷你的红色水桶里，坐着毛茸茸的玩偶，上面戴着一项白色的小帽子，露出两只圆圆的大眼睛，水桶边上扎着一朵粉色的蝴蝶结，还插着朱红的圣诞果和青绿的叶子，放在书桌一角，真是漂亮的摆饰。

直到有一天……

我看到孩子居然往玩偶的四周浇水，过去责怪，才发现那毛茸茸戴着帽子的小东西，居然是活的！

"这小妖怪，只要浇水，就会慢慢长大！"孩子说，"因为它是一棵小小的仙人掌！"

可不是吗！在看来毛茸茸的小刺间，透出淡淡的嫩绿，那两只塑胶的眼睛和帽子，是用强力胶粘上去的，小水桶里面，则装满粗粗的沙砾。

自从知道那是一棵活的仙人掌之后，每次经过孩子的门口，就自然会看到它，而每一触目，总有些惊心，仿佛被上面的芒刺扎到一般。

那桶中的沙砾经过化学材料调配，坚硬得像是水泥，仙人掌则被牢牢地锁在其中。它不可能长大，因为扎根的环境不允许。它也不可能被移植，因为连皮带肉都被紧紧地粘住，它确实是个生命，一个不被认作是生命的生命，向没有未来的未来，苟且地活着。

小时候，大人曾说熊孩子的故事给我听，走江湖卖艺的坏人，把骗来的孩子，满身用粗毛刷刷得流血，再披上刚剥下的血淋淋的熊皮，从此，孩子就变成熊人，观众只以为那是个特别聪明的熊，却没想到里面，有个应该是天真无邪又美丽的孩子。

　　今年又听到一个故事：养鸡场在鸡蛋孵化之后，立即将公鸡、母鸡分成两组，除了少数几只留种之外，公鸡全被丢进绞肉机，做成肉松，并拌在饲料里喂母鸡，所以那些母鸡是吃她兄弟的肉长大的。

　　"那根本不是生命，而是工业产物，所以不能以一般生命来对待。何况那些小母鸡，到头来还是死，也就无所谓谁吃谁了！"说故事的人解说。

　　这许多命运不都是由人们创造的吗？既创造了它们被生的命，又创造它们被处死的命，且安排了它们自相残杀的命。

　　问题是，如果我们随便从那成千上万待宰的小雏鸡中提出一只，放在青青的草地喂养，也必然可以想见，会有一只可爱的、能跟着主人跑的活泼的小公鸡出现，且在某一个清晨，振动着小翅膀，发出它的第一声晨鸣。

　　许多国家都有法律规定，不能倒提鸡鸭、不能虐待小动物，人们可以为食用，或为控制过度繁衍而杀生，但对"生命"却要尊重。

可以剥夺，不能侮辱！

如此说来，那小小的仙人掌，是否也应该有被尊重的生命？

花之爱·深藏的春天

———————

———————

那许许多多的生机，都是预先藏在里面的，
如同存款，
到了该绽放或发芽的时候，
就从银行里被提出来用……

　　每年三月初，在纽约的九十二号码头大厅，都会举行盛大的花展。参展的团体，莫不费尽心思，布置出风格独特的花园。于是走入大厅，就如同走进一片自然公园，不但是花团锦簇，而且有小桥、流水、亭台、雕塑穿插其间。让人直觉得由外面的隆冬，一下子跨入了仲春。

　　可不是吗，纽约的三月初三，还是冰封雪冻的时节，泥土地硬得像铁板，树枝脆得如朽木，所有的生机都还深藏未露呢！那么这些花匠园丁，又怎能移来满室的春天？难道是由温暖的南方运上来？

　　答案不全对，原来多数的花，只是花匠们早些把秃枝插入温水，放在室内养着，或将各种鳞球，提早种入温室的泥土，就把春天提前了一个月。

起初我不信，直到亲自从园中剪了几枝连翘，放在屋里养着，果然开出满茎的黄花，才不能不接受这个事实。于是，我更想：到底从什么时候，这秃枝开始蕴藏花信？我在冬天才落叶时，就把枝干剪进来，也能有繁花绽放吗？

自从有了这个疑问，每次踏雪归来，我就仔细观察路边的花树，渐渐发觉，凡是早春开的花，譬如山茱萸、木笔，竟然从孟冬就已经举起一个个花芽，她们或用鳞皮护着，或盖着厚厚的绒毛，如同一群等待出场跳舞的小朋友，在后台兴奋地站着。

有一位植物学家更对我说："你注意看！法国梧桐的叶子，是被藏在枝里的另一个叶芽顶掉的，虽然那片叶子下一年春天才会冒出来。"

"如此说来，不像是小孩子换牙，下面的成齿顶掉乳齿吗？"我说。

"对！可是不止顶一次，那许许多多的生机，都是预先藏在里面的，如同存款，到了该绽放或发芽的时候，就从银行里被提出来用！"

我想这大地就是银行吧！藏着无尽的生机，源源不断地展现出来。而如同植物在冰雪中已经包藏春意般，人们必然在最消沉困顿的时刻，也有那天赐突破的力量，在里面酝酿着。

只要时机一到！或是时机虽未到，我们却给他几分温暖的助力时，就一下子——寒冬尽去，满园春色！

兄弟之爱·他是我的

He ain't heavy, Father...
He's my brother !
他不重，神父……
他是我的兄弟!

　　几乎每天都会收到慈善机构募款的信件，有基督教儿童基金、伤残退伍军人协会、盲人组织、口足艺术家、保护野生动物、心脏病变研究……他们或赠彩券，或送月历，或附小书，或夹空白贺卡，或寄成棵的小树和种子，甚至施出苦肉计——将回邮现款一并寄来，表示你如果不捐钱，就等于吃了慈善机构的钱。

　　今天在众多这类的邮件中，我发现了一个新面孔：

　　天主教男童收容中心。

　　除了一封信和回邮信封之外，并附赠了许多邮票式的贴笺，上面印着圣诞快乐的贺词，想必是供人们在寄卡片时封信口之用。

但这贴笺真正吸引我的，是上面的图画。画着一个十二三岁的大男孩，背着一个比他稍小的、仿佛受伤或重病的男孩子，站在雪地中。旁边印着两行小字："He ain't heavy, Father... He's my brother！"译成中文则是："他不重，神父……他是我的兄弟！"

这是一句多么奇怪的话啊！看那个男孩背着跟他差不了多少的兄弟，怎么可能不感觉重？更何况走过松软而冰冷的雪地！

那是多么不合文法与逻辑的话！兄弟和重量有什么关系呢？

但那又是多么有道理的一句话，令人无可置疑地接受。

只为了他是"我的兄弟"，所以我不觉得重！

他使我想起有一次看见邻居小女孩，抱着一只浑身稀泥的小狗，弄得满身满脸都是泥浆，我问她："你不觉得它太脏了吗？"

"什么？"小女孩瞪着眼睛尖声叫了起来，"它是我的狗！"

又让我想到在教育电视频道上，看过的一个智障孩子的家庭纪录片，那个孩子已经四十多岁，智力却停留在两三岁的阶段，白发的双亲，自己已经走不稳，每天早上仍然牵着孩子的手，送他上特殊学校的交通车，还频频向学校打听孩子的表现。

片子结尾，白发的母亲伤心落泪："只是不知道我们死了之后，他要怎么活下去……"

而当记者问她后不后悔养下这么一个智障儿，误了自己半生的幸福时，那母亲居然毫不犹豫地抬起泪脸：

"我不觉得苦！他是我的孩子！"

他是我的！他是我的！他是我的！他们都没有说出下面那个最重要的字——"爱"，却比千言万语更能打动我们的心。

盲者之爱·另一种光明

虽然蒙着双眼，一片漆黑，
但你的脚步才上病房的楼梯，
我就看见了你，
看见你跨着大步走过来……

　　每次装卸彩色底片，都得等到天黑后，先把窗帘拉上，熄灭全屋的灯，再堵起门缝，因为只有这样，才能笼罩在全然黑暗之中，不被一点儿光线干扰。

　　什么是真正的黑暗呢？有人说伸手不见五指非常黑，可是在装底片时，那种黑还是不够，必须黑到把一张白纸拿在眼前晃动，都毫无感觉才算。

　　所以每次装底片，我都把自己摆在这"绝对黑暗"之中。

　　我总是窸窸窣窣打开底片盒，撕破铝箔袋，再拉开片夹，把底片一张张插进去。

那实在不是件容易的事，因为片夹只有窄窄一条缝，中间具有两道槽沟，单张的大底片，必须准确地插在下面一道槽沟中。

起初我的眼睛如同在光明中做事一般，盯着双手，虽然什么也见不到，却希望多少有些帮助。问题是，这做法使我愈无法摸得准。

似乎"盲目"的双眼，总想看到一些东西。在极力"看"之下，手上的感觉便有限了。

渐渐地，我发觉仰着脸，完全不去"看"，而让全部注意力集中在手上，反倒能工作得顺利。也可以说，眼睛既然已经不管用，就完全放弃吧！掌握那留下来的，仍然可用的去面对问题。

于是我的手仿佛有了视觉，敏锐得不但能摸出槽沟，甚至连底片的正反面，也能以触感摸出其间的不同。

这经验使我想起，在美国电梯中，每次看见盲人点字的楼层标示，试着去触摸，只觉手指下一堆凸起的点子，每个数字的感觉都差不多，真奇怪为什么盲人一摸就能知道？

现在我了解，因为他们放弃"看"的想法，便加强了触感，上帝使他们能用手去"看"，这个世界就在另一方面变得充实了。

曾在电视上看见一位盲人接受访问，盲人说："我常做梦，梦境都是有色彩的。虽然我从生下来就盲，我却知道什么是彩色，我觉得好美、好耀眼！"

这更使我深一层思索，并怀疑盲人的黑暗世界，并非真正的黑暗。

以前常在卖外销画的商店，看见那种画在黑绒布上的美女。绒布好黑好黑，画家就用那种黑绒为底，以亮丽的油彩，表现出光洁的肌肤与闪亮的秀发。

会不会盲人也是在黑色的画布上，用想象画出他们多彩多姿的世界？正常人看东西，如同在白色的背景上加添，盲人"看东西"，是否就从黑色的背景中提起？

这也使我想到妻眼睛开刀时说的话："虽然蒙着双眼，一片漆黑，但你的脚步才上病房的楼梯，我就'看见'了你，看见你跨着大步走过来。"

她是用敏锐的听觉，在她黑暗的画布上，画出了我的形象啊！

于是我想，当盲者听到虫鸣、鸟啭、竹韵、松涛时，或许也都用"听"，来塑造他们"看"到的东西。

最近读潘朝森的画集，底页上印着：由于童年时突然患了眼疾，医生为我搽上药膏，蒙上双眼，躺在床上足足两年。在黑暗的日子里，不忘记起伏明灭的幻想，心灵早已习惯于孤独与寂寞……

据说这段经验，对他后来作画有很大的影响。那经验或许也就是他在黑暗的画布上，起伏明灭的想象吧！

问题是，不论我妻，或潘朝森，他们在黑暗中的想象，都是以"曾见过的东西"为经验，对于真正自始就失明的人，那想象会不会失色呢？

有一天，我分别问两位盲者，如果上帝能给你一秒钟，让你看到这世界，却又让你重回黑暗，你觉得如何？

其中一位兴奋地说："当然好，因为毕竟我有机会看到真正的世界！"

另一位则平淡地讲："如果看完之后，我还得回到黑暗，就算了吧！我宁愿满意地待在现有的世界，也不要接受那瞬间光明带来的冲击，以后反而更难平静了！"

多么让人悸动的想法，若非得到永恒的光明，他竟宁可留在黑暗之中。

但，什么是永恒的光明？

明眼的人可能会瞎，毕生光明的人也将走向死亡，哪个坟墓会是光明的呢？

某日遇到一位在盲人中心工作的朋友，我说："你们可以使盲人重见光明吗？为什么盲人收容所反而称作Light Home 呢？"

"你错了，谁说盲人世界没有光？盲人只怕比我们有更多的光！你看过《盲女惊魂记》那部电影吗？在黑暗中我们没有了光，盲人还是有光的！"朋友说，"所以 Light Home 是要给盲人一个家，在这个家中充满光明——内心的光明！里面的光，上帝的光，要比外面的光更重要啊！"

因此，每次我坐在"绝对黑暗"的房里装底片，都会想：

这里真的很黑吗？

抑或所有的黑暗，都可能迎向另一种光明？

漂泊之爱·爱，就注定了一生的漂泊！

你们爱自己的家，你们睡在家里面！

我爱这个世界，我睡在世界的每个地方，

你们都是我的家人，我爱你们！

飞机起飞了两个多钟头，心里始终不踏实，觉得好像遗忘了什么，看见有乘客拿出一卷长长的东西，才想起为纽约朋友裱好的画，竟然留在了台北。

便再也无法安稳，躺在椅子上，思前想后地怨自己粗心，为什么临行连卧室也没多看一眼，好大一卷画就放在床上啊！想着想着，竟有一种叫飞机回头的冲动，浑身冒出汗来，思绪是更乱了。

其实一卷画算什么呢？朋友并非急着要，隔不多久又会回来，再拿也不迟，就算真急，常有人来往家乡、美国之间，托带一下，或用快递邮寄也成啊！但是，就莫名地有一种失落感，或不只因那卷画，而是失落了一种感觉。

从台北登车，这失落感便浓浓地罩着。行李多，一辆车不够，还另外租了一部，且找来两个学生帮着提，免得伤到自己已经困扰多时的坐骨神经。看着一包一包的行李，有小而死沉的书箱，长而厚重的宣纸，装了洪瑞麟油画和自己册页的皮箱，一件件地运进去，又提起满是摄影镜头和文件的手提箱，没想到还是遗忘了东西。

什么叫作遗忘呢？两地都是家，如同由这栋房子提些东西到另一栋房子，又从另一户取些回这一户。都是自己的东西，不曾短少过半样，又何所谓失落？遗忘？

居然行李一年比一年多，想想真傻，像是自己找事忙的小孩子，就那么点东西，却忙不迭地搬过来搬过去，或许在他们的心中，生活就是不断地转移、不断地改变吧！

当然跟初回台的几年比，我这行李的内容是大不相同了。以前总是以衣服为主，穿来穿去就那几套，渐渐想通了，何不在两地各置几件，一地穿一地的，不必运来运去。从前回台，少不得带美国的洗发精、咖啡、罐头，以飨亲友，突然间台湾的商店全铺满舶来品，这些沉重的东西便也免了。

取而代之的，是自己的写生册、收藏品和图书，像是今年在黄山、苏州、杭州的写生，少说也有七八册，原想只挑些精品到纽约，却一件也舍不下。书摊上订的《资治通鉴》全套、店里买的米兰·昆德拉、李可染专辑、两千年大趋势，甚至自己写专栏的许多杂志，都舍不得不带。

算算这番回纽约，再长也待不过四个月，能看得了几本《资治通鉴》？翻得了几册写生稿？放得了多少幻灯片？欣赏得了几幅收藏？便又要整装返台，却无法制止自己不把那沉重的东西，一件件地往箱里塞。

据说有些人在精神沮丧时，会不断地吃零嘴，或不停地买东西，用外来的增加充实空虚的内在，难道我这行前的狂乱，也是源于心灵的失落？

有人不是说过这样的话吗：

"挥一挥衣袖，不带走一片云彩。其实东半球有东半球的云，西半球有西半球的彩，又何须带来带去?！"

但毕竟还是无法如此豁达，也便总是拖云带彩地来来去去。

所以羡慕那些迁徙的候鸟，振振翼，什么也不带，顶多只是哀唳几声，便扬长而去。待北国春暖，又振振翼，再哀唳几声，飞上归途。

归途？征途？我已经弄不清了！如同每次归台与返美之间，到底何者是来？何者是往？也早已变得模糊。或许在鸿雁的心底也是如此吧！只是南来北往地，竟失去了自己的故乡！

真爱王鼎钧先生的那句话——

"故乡是什么？所有故乡都是从异乡演变而来，故乡是祖先流浪的最后一站。"

多么凄怆，又多么豁达啊！只是凄怆之后的豁达，会不会竟是无情?！但若那无情，是能在无处用情、无所用情、用情于无，岂非近于"无用之用"的境界?!

至少，我相信候鸟们是没有这样境界的，所以它们的故乡，不是北国，就是南乡！当它们留在北方的时候，南边是故乡；当它们到南边，北方又成为祖先流浪的最后一站。

我也没有这番无所用情的境界，正因此而东西漂泊，且带着许多有形的包袱、无形的心情！

曾见一个孩子，站在机场的活动履带上说："我没有走，是它在走！"

也曾听一位定期来往于台港，两地都有家的老人说："我没有觉得自己在旅行，旅行的是这个世界。"

这使我想起张大千先生在世时，有一次到他家，看见亲友、弟子、访客、家仆，一群又一群的人，在四周穿梭，老人端坐其间，居然有敬亭山之姿。

于是那忙乱，就都与他无关了。老人似乎说：这里许多人，都因我而动，也因我而生活，我如果自己乱了方寸，甚或是对此多用些心情，对彼少几分关照，只怕反要产生不平，于是什么都这样来这样去吧！我自有我在，也自有我不在！

这不也是动静之间的另一种感悟吗？令人想起《前赤壁赋》中"盖将自其变者而观之，则天地曾不能以一瞬；自其不变者而观之，则物与我皆无尽也"。苏轼不也在动乱须臾的人生中，为自己找到一分"安心"的哲理吗？

但我还是接近于陈子昂的"前不见古人，后不见来者，念天地之悠悠，独怆然而泣下"。也便因此被这世间的俗相所牵引，而难得安宁。

看到街上奔驰的车子，我会为孩子们担心。看见空气污染的城市，我会为人们伤怀。甚至看见一大群孩子从校门里冲出来时，也会为他们茫茫的未来感到忧心。而当我走进灿烂光华布满各色鲜花的花展时，竟为那插在瓶里的花朵神伤。因为我在每一朵盛放，如娇羞少女般的花朵下，看到了她被切断的茎，正淌着鲜血。

而在台北放洗澡水时，我竟然听见纽约幼女的哭声。

这便是不能忘情，却又牵情太多、涉世太深的痛苦吧！多情的人，若能不涉世，便无所牵挂。只是无所牵挂的人，又如何称得上多情？

临行，一个初识的女孩写了首诗送我，我说以后再看吧！马上就要登机了，不论我看了之后有牵挂，或你让我看了之后有所牵挂，对我这个已经牵挂太多的人来说，都不好！

只是那不见、不看、不读，何尝不是一种牵挂？！

猛然想起，有一次在地铁车站，看见一个衣衫褴褛、躺在墙角的浪人，大声对每个走过眼前的人喊着："你们爱自己的家，你们睡在家里面！我爱这个世界，我睡在世界的每个地方。你们都是我的家人，我爱你们！"

也便忆起前年带老母回北京，盘桓两周，疲惫地坐在返台飞机上，我说："回家了！好高兴！"又改口讲："台北是家吗？还是停几周飞美时，可以说是回家？但是再想想，在纽约也待不多久，又要返台了！如此说来，哪里是家？"

"哪里有爱、哪里有牵挂、放不下，就是家！"

"世界充满了美，让我牵挂；充满了爱，让我放不下！"我说："台北是家，纽约是家，北京是家，巴黎是家，甚至小小的奈良也是家！"

爱，就注定了一生的漂泊！

浮世之爱·隐藏的体谅

每一个人在成长的过程中，
都要学着去了解、去体会、
去认知人性，
以及"人性"表层下，隐藏的兽性。

我曾读过一个令人惊心动魄的笑话：

中年主管对新进的女职员很有意思，在一段连续假日之前，总算找到了好机会：

"我能不能邀你去我的森林小屋度假？"他故作神秘地说，"我的老婆根本不关心我。千万别跟人说，明天是我的生日呢！"

年轻女孩抬起脸，眼睛一转：

"何必到你那里去，我的家也很幽静，没有人打扰，干脆到我那儿去好了！"

主管简直乐歪了，心想这小姐真来电！一口答应下来，并在第二天如约赶到女孩住处。

千娇百媚的女孩子，满脸神秘笑容地迎接，先倒了杯酒给主管，娇滴滴地说："你在客厅等着啊！我进卧房准备一下，当我叫你的时候，就推门进来。"说着便像条鱼似的溜进了卧室，又关上门。

主管的心简直要跳出来：太神秘，太刺激了！现代女孩子真是爽快！想必等下推开门，她已经是几寸薄缕，伸开双臂……我何不也爽快一下！

事不宜迟，主管没两分钟，西装、领带、衬衫、汗衫，全部解除了武装，而那女孩子娇滴滴、神秘的声音也及时传出：

"你可以推门进来了！"

主管连灵魂都醉了！推开门——

"生日快乐！"全办公室的男女部属，伴随着香槟的声音，对他欢呼……

笑话说完了！是不是令人惊心动魄呢？那惊动的原

因，是它赤裸裸地暴露了人性!

与其他有色笑话不同的，是它绝对可能发生，结果则是无可转圜地丢尽了人。且不论主管、年轻女主人，或满屋的同事，都顿时不知如何自处。

但是换一个角度来想，如果故事中的女孩子没有安排"惊喜派对"，只是自己进去换一套礼服，点燃起蛋糕上的蜡烛，那"坦荡荡"的主管，是不是也会尴尬地僵在那儿呢?

如果僵住了，下一步又是什么? 他会为了打破僵局，一不做，二不休地用强，还是羞惭地返身穿衣离去?

这种尴尬的场面，谁都可能亲身遇到。问题是，我们却不常听说这类的事。

我们常常见到的，是衣着光鲜的绅士、淑女，谈吐文雅的贵胄、名媛，我们几曾听过他们说彼此的丑态?

丑态绝对可能有! 因为那是人性! 只是它总完好地隐藏在人们身后、各人心底。当事者为对方，也为自己保留颜面，不说出来。

某日我问一位男同事："如果我在餐厅遇见一个吸引我的女孩子，我要用什么方法去跟她认识？"

男同事说不知道。但是当我拿同一问题，问一位漂亮的女同事时，她却说出了不下十余种好方法。

是男同事不愿说吗？我相信不尽然，而且就算他说，恐怕也绝对比不上那女同事的例子丰富。因为他说出的，只是他一人想出来的，而女同事却讲出了她所经历的，那是许多男人向她献殷勤时，真真正正表达的！

这也使我想起大学三年级时，一位"名女生"对我说的话：

"你们男人说上一句话时，我就猜到下一个动作了。"

"为什么？"

"因为男人的丑态我见多了！"

当时我还是个天真的大男生，而那位同年龄的女孩子，由于校外的交际广，居然已经见过了不少丑态，怎不令人惊讶?

"可是……"我自问,"我为什么从来都没见过男人的所谓丑态?"

直到后来,我才渐渐了解,男人在男人面前绝对保持尊严,女人在女人面前也绝对矜持。结果了解男人的不是男人,是女人!了解女人的也不是女人,是男人!

而愈是条件优越的女人或男人,越容易见到异性的另一面。

一个漂亮的女孩子可能会说:"什么叫作朋友?我不信任朋友,因为我的未婚夫对我说,我要好的女朋友偷偷约他,并且说我的坏话;而我自己更发现,我未婚夫的好朋友,也偷偷追我!"

问题是,如果她的未婚夫不说,她不会知道自己的好朋友有不够意思的举动。而她自己,更八成不会告诉未婚夫,他好朋友的特殊表现,因为她不愿见到未婚夫与朋友起冲突。

　　于是，这许许多多的秘密就穿梭地被隐藏了，除非有一天，发生了那中年主管"惊喜派对"的事。

　　但是我们也要知道，人们之间许多不可解的心结、不可知的怨恨，也是在这当中种下的。

　　譬如那在众人面前丢了脸的主管，若无法离开自己的职位，将来如何与同事共处？

　　如果他是大老板，是否会借故把同事一个个排开、辞退？

　　"恼羞成怒"，这句话一点儿都没错。当一个人，在异性前放浪形骸而被拒斥，那羞惭之怒是永难消除的！

　　让我再说个故事：

　　做父亲的，突然坚决反对儿子娶一位交往多年的女友，原因是，那女孩子由于太熟，所以拥有一把男友家中的钥匙。没想到某日打开门，发现了正在看 A 片的准公公的某种丑态。

　　女孩子有错吗？没有！如果说有，是她未按铃。但有几个"家人"回家，会先按铃呢？

男孩子在父亲突然反对，自己女友也借故疏远的情况下，能探知原因吗？

可能也没办法，因为女孩为了大家的面子，不愿讲。

于是那心结、尴尬与矛盾，就永难解了！

我写出这许多故事，希望说出的是：

每一个人，在成长的过程中，都要学着去了解、去体会、去认知人性，以及在"人性"表层下，隐藏的兽性。

我们必须运用自己的智慧与勇气，和别人偶尔浮现的兽性去战斗、迂回，且适当地为对方隐藏。

这战斗的勇气、迂回的技巧和隐藏的体谅，正是一种伟大的人性！

夫妻之爱·沉淀的爱情

沉淀的爱情上面都是水，淡而无味，

必须常常振动一下，才能有味道。

不要让婚姻成为一种习惯，

常给那睡着了的婚姻一点儿刺激，

即使是轻轻摇一摇！

有个学生写了一首俳句式的短诗，只有两句：

"使用前请摇一摇，沉淀的爱情！"

"妙极了！"我说："但什么是沉淀的爱情？又怎样摇一摇呢？"

"爱得太久，疲了，倦怠了，不论朋友或夫妻，爱情都会沉淀！"学生说："沉淀的爱情上面都是水，淡而无味，必须常常振动一下，才能有味道。譬如送他一个惊喜的礼物，穿着一件特殊的睡衣，甚至……甚至跟他说有个小男生在追他老婆，叫他小心，别忘了自己老婆还是非常吸引人的。总之，不要让婚姻成为一种习惯，常给那睡着了的婚姻一点刺激，就算是摇一摇！"

她的道理固然不错，但我觉得沉到水底，上面淡而无味的爱，倒也别有一种滋味，好比浓茶有浓茶的美，淡茶有淡茶的妙。

《菜根谭》说得好："醲肥辛甘非真味，真味只是淡；神奇卓异非至人，至人只是常。"这虽不是讲婚姻，但那真味只是淡，却也堪玩味。

我发现许多婚后不久出问题的夫妻，不见得是因为生活变得太淡，而是婚前味道太浓。譬如婚前热恋期，总是出外旅游、夜总会嬉戏，一下子结婚静下来，餐馆成了厨房、风景胜地改为公寓阳台、蝴蝶鸳鸯成了食谱账单，生活由热滚滚，一下子成为温吞吞，自然容易出问题。

反倒是那些婚前就由热恋"跌入"现实的男女，能慢慢将飞驰的爱情逐步减速，由求其"快"，到求其"长"，成家之后比较幸福。

有位朋友热恋多年，突然跑来对我说："我终于决定娶她了！"

"难道以前这么多年，你都没想娶她？"

"问题是她也没想嫁给我啊！"

"那你怎知道她现在愿意嫁了呢？"

"因为我们前两天逛夜市的时候，看到一个很漂亮的瓶子，她喜欢极了，我就说要买了送她。照以前她一定会跳起来搂着我的脖子打转，这一回居然瞄瞄价钱，说太贵了，以后再谈。表示她开始往远处想，这远处，不就是结婚吗？所以送玫瑰花的爱情，不一定长久；'种'玫瑰花的爱情，才是真的！"

还有一个朋友说：

"我现在跟女朋友进入了新的境界。过去我们上餐馆，别人一看就知道是情侣，现在则会认为是夫妻！"

经我追问，原来因为他现在跟女朋友对面而坐，不再是喁喁私语，而成为"女朋友看菜单，他看报纸"。

这使我想起梁实秋先生，在《雅舍小品》续集里《沉默》那篇文章里写的，有位朋友去看他，以嘴边绽着微笑，当作见面行礼。二人默对，不交一语，梁教授递过香烟，对方便一支一支地抽。又献上茶，也便一口一口地呷，左右顾盼，意态萧然。等到茶尽三碗，烟罄半听，主人并未欠身，客人兴起告辞，梁教授誉之为"六朝人的风度"。

这也令我想起王维在《山中与裴秀才迪书》中，写他去看老朋友，正巧朋友在读经，也就不打扰，径自往山里走了。那种老远跑去，却又能以"意到已足"而淡然离开的境界，不是"平淡入妙"吗？

还记得古诗中有句"我醉欲眠卿且去，明朝有意抱琴来"。诗人在与朋友一起赏花饮酒时醉了，便径自去睡，叫朋友："你要是有意思，明天再抱着琴来玩！"也是在淡远中，显示一种挚情。

当然这种淡，不能是无礼，而应该是具有深厚情谊，默然会心，而不拘小节的率性。如同那坐在餐馆看报的朋友，他的女伴如果能不觉得自己被冷落，反觉得那只是率真，则未尝不是另一种境界。

名作家琦君女士曾说，她跟另一半常难得有说话的机会，只好在桌上留字条，我乍听觉得不可思议，但见琦君好文章不断，渐渐领悟夫妻相处的另一妙处：

"Give him or her a break! Leave a space between each! 在彼此之间留一点儿空间，让大家保留一点儿自己，而不必成天腻在一块儿。"

热恋中的朋友，一定不会同意我的看法。

因为平淡入妙的境界，没有十几二十年的工夫，是达不到的！

母亲之爱·超级妈妈

母亲，不论她天生是否强壮，她婚前是不是娇弱，
似乎只要成为母亲，就自然变成了"超级妈妈"。她必须"超级"，
否则就不配做"妈妈"！

在老婆梳妆台上看到一个奇怪的摆饰，原来是儿子
送给他妈妈的母亲节礼物。

那是一朵用布做的大花，放在小小的花盆里。花瓣
不是红、黄那样艳丽的色彩，而是蓝的。尤其妙的是花
的中心，一张白白的面孔，画着两撇倒挂的眉毛、一双
失神下垂的眼睑和充满血丝的眼睛，还有那已经扭曲走
形的笑容。花盆里则插着一个小牌子——

"超级妈妈（Super Mom）！"

这是多么传神的一朵母亲之花啊！充分形容了大部
分的母亲。

母亲，不论她天生是否强壮，她婚前是不是娇弱，似乎只要成为母亲，就自然变成了"超级妈妈"。她必须"超级"，否则就不配做"妈妈"！

她们要是家里最早起的人，做早餐、准备便当、叫孩子（可能也包括先生）起床；她们也总是最晚睡的，做最后的清理，处理信件杂务，哄孩子（可能也包括先生）就寝……

作为"超级妈妈"，必须带孩子去看病，自己却不能生病，尤其不准在孩子和先生病的时候生病；即使生病，也不能倒下。她要像"老鹰捉小鸡"的游戏中，那只站在前面的大母鸡，伸开双臂，瞪大眼睛，去阻挡老鹰的攻击，并接受后面一大串小鸡的拉拉扯扯！

这世上多少母亲，就像那个张毅导演的电影——《我这样过了一生》！那一生多半是施，而不是受。最起码施得多，受得少。

虽说"施比受更有福"，但凭什么施的人要不断地施？

只为了爱，而不要求回馈？甚至施舍到自己透支，成为那朵蓝色的花？

是的！孩子们会感激，如同我的孩子在母亲节送上那朵蓝花，表示他知道自己的母亲是多么透支地付出。问题是口头的感激和心头的感激，若不能化为行动，又具有多少意义？

我常说："一个人在岸上大喊'救人哪！有人掉在水里了！'远不如他真正跳下水去救，或扔下一根绳子，伸出一只臂膀！"

可是有几个做子女的伸出了这只臂膀？

令人惊讶的答案应该是：

不是他们不伸，而是大人没教他们伸。那阻止的人竟然常是母亲！

许多母亲对孩子犯了一个严重的错误——

"只要你好好念书，家里事不用你管，老娘一个人应付得来！"

于是孩子不觉得母亲需要他。他既然不必对家庭付出，也自然减弱了家庭意识。

母亲叫起床、做早点、准备便当、开车送我、带我看病、帮我削铅笔、洗衣服……都是当然！

什么叫作"当然"？ "当然"就是例行公事，理当如此做，自然也就无所谓感念不感念。而当有一天母亲不再这样，我就要不高兴！

那些作为"超级妈妈"的，确实可以肉体疲乏、心灵充实。但她们忽略了两件重要的事：

一、家庭是个共荣圈，你不让孩子参与，他们没有参与感，也就很难爱这个家；不爱这个家，就不爱你这个"超级妈妈"！不论他们嘴上说多爱，行动上的冷漠，就是证明！

于是你成了"寂寞的超级妈妈"！

二、你不让孩子做事，孩子连热油锅表面不一定冒热气都不知道；连搬一件重家具，应该怎么使力，都不了解……当他们突然进入社会，会顿时难以适应，结果造成许多逃避的心态和危险的情况。

做母亲的人，最重要的责任是"教养子女"，但是太多的母亲只知"养"不知"教"，最起码不知道"教孝"！

不论什么时代，也不论中国怎么西化，"孝"绝对是应该维护的美德。可悲的是，今天中国的母亲，常没有学会西方的使子女独立自治，却采用了西方的放任、自由，和东方的溺爱，于是当西方的"超级妈妈"都变成蓝瓣白脸的花朵时，东方妈妈就更可怜了！

我要请问各位超级妈妈：

你们为什么总认为孩子长不大？难道不知道父母的成功与健康，也是子女幸福的保障？最起码如西方俗语："父母长寿，是子女的荣耀"！

子女是人，你也是人！人要学会彼此尊重、彼此奉献！你要教子女奉献，这是人格教育的一部分，否则他们学到的只是自私自利，或后半生也做个"只知奉献的母亲（或父亲）"！

于是下次上市场，带着孩子去吧！分给他一份购物单，你买你的，他买他的，既省了时间，也增加了母子、母女共同工作的乐趣，而且你会惊讶地发现：当菜端上桌，孩子会吃得更有味，因为过去妈妈的菜而今成了"我自己挑的菜、买的菜，甚至做的菜"。那菜里就多了一分情、一分爱！

你付出、先生付出、孩子也付出，一起动手，堆出家的城堡，这个城堡必能更长久、更坚固！

做一个现代成功的超级妈妈，你应该有着大大的花盆、丰盛的叶子和亮丽的花瓣！

你的年轻、健康、美丽与精神焕发，也是子女的荣耀！

阳光之爱·走在阳光里

只要最高枝上不足两尺之处有一丝黄晕，
便仍然可能见到几只不愿归巢的小鸟，
坚持到底地守在那儿……

　　很早以前看过一部意大利电影，其中许多穷苦的人，难熬冬天的寒冷，只要看到云堆破了洞，透射出一道阳光，就赶紧跑到那小片阳光中站着，霎时阳光不见了，别处再露出一线，大家又都挤到那里去。

　　事隔十多年，早不记得电影的名字，那群穷人追逐阳光的画面，却历历如新，尤其是旅美之后，每到苦寒的日子，见到和煦的阳光，更伴随着电影的回忆，而有一种特殊的感觉。

　　阳光的温馨，对于不曾经历冰天雪地的人，是不容易体会的。虽然在屋里看到外面灿烂的阳光，与春天的一般亮丽，推开门，却可能迎来沁人肌骨的寒冷，而有人说"冬天的阳光是假的"。但有阳光毕竟不同，站在阳光里和阳光之外，即使只有一线之隔，也见明显的差异。

我是一个拒绝冬天的人，所以尽管到了霜叶已经落尽的暮秋，仍然喜欢在寒冷的院子里流连，这时最能鼓励我，或伴随我，而使我不寂寞的，就是阳光了！

每当夕阳西斜，阳光开始从我的小院退缩，晚风分外寒冷，我也就不得不像电影中那群"追逐阳光的人"一样，跟随着阳光移动，即使只有头能沐在光中，也觉得温暖许多。

而当夕阳接近地平线，屋后森林的下方，全进入黑暗，唯有树梢上，还留下一抹余晖时，便只有高栖的鸟儿们能够享用了！

常觉得鸟最勤快，也最懂得抓住光阴。才露曙色，屋里连手表还看不清呢，它们很可能已经在枝头聒噪了。

至于傍晚，一棵秃树，可能停上千百只小鸟，逆光看去还以为生满了叶子，它们的头常朝着同一个角度，那八成就是寒风吹来的方向，因为只有这样，身上的毛才不会被吹乱，也才能保持温暖。

当然更能给它们温暖的，还是远处的夕阳。相信那正是它们站在树梢的原因。有时候夕阳几乎完全隐在地平线下，只要最高枝上不足两尺之处，有一丝黄晕，便仍然可能见到几只不愿归巢的小鸟，坚持到底地守在那儿。

所以我常揣测鸟儿们的想法，它们只是为了求些温暖，还是想要欣赏夕阳？抑或居然有了惜寸阴的境界？至于它们起得最早，又是否因为巢在枝头，所以能比下面的人们更早见到晨光？

唐代的诗人常建有句"清晨入古寺，初日照高林"，正是描写晨光先照上树林高处的画面。现代的城市人怕无缘观察到这种景色，但何尝不能改为"清晨入都市，初日照高楼"？只是高楼往往剥夺了大多数人的阳光！

气温在冰点以下的日子，走在林立的高楼间，真不好受。因为阳光全被楼房阻隔，冷风却仍然穿梭肆虐。如果恰是下午两三点钟，阳光还能斜斜射入街心的时刻，就可以看见有趣的画面了。

只见街道有阳光的那侧，挤满了川流的人群，在阴影里的一边，则只见稀疏的过客。这与那意大利电影中表现的，不有着同样的趣味吗？

阳光的力量，确实在这样的冬日最能体现，我们甚至可以说那是锐利如刀的，它寸土必争地与阴冷的冬寒分割地盘。我曾经注意过屋边的雪地，竟然能剪出一块房影，也就是凡被影子罩住的地方都是白色，而露在阳光中的，则可能已经透出下面的土地。

尤其令我难忘的，是有一年冬天到日本旅游，独自从日光湖边的旅馆走向中禅寺，起初一段路因为都在向阳的一面，所以没有积雪。而当我转入背着阳光的一边时，竟然路表全是滑不留足的坚冰。古诗说"南山雪未尽，阴岭留残白"，又说"潜知阳和功，一日不虚掷"，不正是这个写照吗?

于是中国人所谓"山南为阳、山北为阴;水南为阴,水北为阳"的道理,也就令人豁然贯通了。只为中国在北半球,所以山的南边总能向着阳光,而如果山夹着水,水的南边临山,由于受到山影的遮挡,所以成了"阴"。古人因为没有足够的取暖设备,对于这阴阳的观察和讲究,当然比我们深入。

西方的古人也是一样的,即使到今天,每当暮冬的时候,广播和电视里的气象专家,仍会提出他们的古老迷信:"看看冬眠的土拨鼠(groundhog),如果它二月二号第一次钻出地表时,看到自己的影子,被吓一跳,又逃回地洞里,今年的冬天就要往后延长六个星期了!"

其实道理说穿了,还不是因为阳光不够强,那影子还显得阴寒吗?

岂止土拨鼠如此,即使进化为人类,我们生理上仍然保有冬眠的趋向。许多人患有冬天抑郁症,不敢面对现

实，不敢接受挑战，甚至连坐越洋飞机的时差，也与日光
有关。对于抑郁症的患者和有时差的人，如果用强光照射，
往往能痊愈，或缩短不适的时间。

当然，人造的强光永远无法比得上真正的阳光。野
人献曝岂是愚者的浅见？实在有着大道理！

今午走过纽约曼哈顿的三十四街，看见许多年轻人
斜靠在向阳的墙边晒日光浴，手里居然各拿着一片锡纸做
的反光板，原来他们是怕斜斜的太阳晒红了半边脸，所
以用反光板来借取阳光。

借取阳光？

可不是吗！阳光是那么珍贵，使我们不但要追逐、
要把握，甚至要借取！

走在路边满是积雪的第五街上，抬头看到圣派垂克
大教堂，我对阳光突然有了更大的感动！我看到那夹在层
层摩天高楼之间，原本应该阴暗而难得阳光的教堂，居
然灿烂耀眼，仿佛闪着光辉，因为——

　　四周的建筑采用了全面的玻璃帷幕墙，不但没有遮住可贵的冬阳，反而纷纷反射，带来了更大的光辉……

　　让我们都有一片能反射阳光的玻璃帷幕吧！

　　让这个世界的人们，都能不自私地占有阳光，而能与大家共同享受这上天的美好！

　　让我们珍惜阳光，站到最高枝！

　　更让我们借取每一寸阳光，温暖每一片土地、每一颗心！

回馈之爱·无怨无悔的爱

不要以为中国农村有许多三四代同堂的大家庭，
事实上几乎没有！
主要的原因是农民寿命太短……

我常在文章里谈起兰屿的风景，但兰屿给我印象最深的却不是山水，而是海边遇到的一家人。

那是个傍晚，我在兰屿的海滩散步，看到原住民一家人正蹲在地上整理刚网到的鱼，他们把鱼小心地分成四堆，也可以说是四种等级。

"为什么把鱼分开来摆呢？"我当时好奇地问。

男人指着最好的一堆鱼说："男人鱼！"又指指剩下的两堆："女人鱼！小孩鱼！"最后指着显然又少又差的鱼说："老人鱼！老人吃的！"

十五年了，那海边一家老小的画面，至今仍清晰地映在我的眼前，甚至可以说，深深烙在我的心上。

我常想：为什么老人家要吃最差的东西？又为什么当时那老人家，竟抬起头来，对我一笑？

今天，我到朋友家做客，再一次遭到这种震撼！

晚餐之后，我指着桌上的残羹剩菜，对主人客气地说："您准备得太丰盛了，剩下这些，多可惜！"

岂知主人才六七岁的小孩竟毫不考虑地搭了腔："不可惜，奶奶吃的！"

"我婆婆等下会出来吃！"女主人说。看见我十分惊讶，又解释，"她不喜欢一起吃，叫她吃好的，她还不高兴，只有剩下来的她才吃，而且吃得开心！"

现在我坐在桌前写这篇东西，想到今晚的画面，禁不住流下泪来，我要再一次问：

为什么？

只因为老人家没有了生产力，就该吃剩的、该吃坏的吗？

只因为老人家"自愿""高兴"，我们就任她自生自灭吗？

相信不少人读过我在《点一盏心灯》里写的《爱吃鱼头》那篇文章。老人家临终时，几个朋友烧了她最爱吃的鱼头去，却听到老人瞒了十几年的秘密：

"鱼头虽然好吃，我也吃了半辈子，却从来没有真正爱吃过，只因为家里环境不好，丈夫、孩子都爱吃鱼肉，只好装作爱吃鱼头。我这一辈子，只盼望能吃鱼身上的肉，哪曾真爱吃鱼头啊！"

这是千真万确的事。故事中的老人家有幸在临终时说出心里的话，问题是这世上有多少为家庭牺牲的父母、尊长，就在晚辈们一句"他自己喜欢"的漠视下，慢慢凋零了！

是的！他们是在笑，因为自己牺牲有了成果，而快乐地笑！

但晚辈们看到那笑，是不是也该笑呢？

还是应该自惭地哭？！

最近我为公视"中国文明的精神"进行评估，在读了一百多万字的专家论文后，印象最深的，竟然是论文里提到西方社会学家在 1938 年在中国多年调查的结果：

"不要以为中国农村有许多三四代同堂的大家庭，事实上几乎没有！主要的原因是农民寿命太短，平均在五十岁以下，活不到多代同堂的年龄，又因为贫穷而缺乏维持大家庭需要的财富。"

我们能相信吗？这个中国人常以为自古就盛行多代同堂的说法，竟然错了！那是"理想"，不是事实！

父母、尊长平均活不到五十岁，这是多么可悲的事！问题是，父母不能甘旨无缺、安享天年，这又难道不是子女的耻辱吗？

过去穷，我们没话讲！

今天富，我们该多么庆幸！可是在我们庆幸的时候，是否该想想自己有没有真尽孝，抑或又是创造了一种假象？！

记得有一次，我的儿子抱着一碗鱼翅汤当粉丝喝，我很不高兴地说："那是留给奶奶的！"

年轻人理直气壮地讲："奶奶说她不爱吃，叫我吃光算了！"

奶奶是真不爱吃吗？还是因为"爱他"，才特意留下来？

每年冬天，我的窗台上都排列着一大堆柿子。

为什么柿子一买就是十几个？因为我发现只买几个的时候，母亲知道我爱吃，总是先抢着吃香蕉，等我叫她吃柿子时，则推说自己早吃过了水果。

只有当她发现柿子多到不吃就坏的时候，才会自己主动去拿。

当我为老母夹菜，她总是拒绝，说不要吃，我就把筷子停在空中，直到夹不稳而要掉在桌上，她才不得不把碗伸过来。

问题是，她哪次不是高兴地吃完呢？

　　相反地，当菜做咸了，大家不吃，她却抢着夹，我只好用筷子压住她的筷子，以强制的方式，不准她吃，因为血压高的人，最不能吃咸！

　　"瞧！有这样的儿子，不准老娘夹菜！"她对着一家人"高兴地"抱怨。

　　我认为：当我们小时候，长辈常用强制的方法对待我们，叫我们一定吃什么，又一定不准吃什么！他们这样做，是因为爱护我们！

　　而在他们年老，成为需要照顾的"老小孩"时，我们则要反过来模仿他们以前的做法——用强力的爱！

　　这不是强迫，而是看穿老人家装出来的客气，坚持希望他们接受晚辈的孝敬！

　　如此，当有一天他们逝去，我们才可以减少许多遗憾！因为我们为天地创造了一种公平回馈，以及——无怨、无悔的爱！

故园之爱·星星坠落的地方

阶边一棵白茶花，下面有丛小小的棕榈，我常将那弯弯的
叶子摘下，
送到小河里逐波。
黄昏时，晚天托出瘦瘦的槟榔，门前不远处的芙蓉都醉了，
成群的麻雀在屋脊上聒噪。虫声渐起、蛙鸣渐密，
萤火虫一闪一闪地费人猜，
它们都是我的邻居，叫我出去玩呢！

　　我记忆中住过的第一栋房子，在现今台北的大同中学附近。虽然三岁多就搬离了，仍依稀有些印象。

　　记得那房子的前面，有一排七里香的树墙，里面飞出来的蜜蜂，曾在我头上叮出一个大包。

　　记得那房子的后院，有许多浓郁的芭蕉，每次我骑着小脚踏车到树下，仰头都看见一大片逆光透出的翠绿。

　　记得那房子不远处，有一片稻田，不知多大，只记得稻熟时，满眼的金黄。

　　记得一个房间，总有着漂亮的日光，那是我常玩耍的地方。但实在，我也想不起房间的样子，只有一片模糊的印象——阳光照着我，母亲则在身边唱着一首好美好美的歌："热烘烘的太阳，往上爬啊，往上爬，爬到了山顶，照进我们的家。"

我发觉，我多少还能记得些幼儿时的居处，不是因为那房子有多可爱，而是因为蜜蜂的叮、芭蕉的绿、稻浪的黄和母亲的歌。

幼儿的记忆就是这么纯、这么简单，又这么真！

真正让我有生于斯、长于斯，足以容纳我整个童年记忆的房子，要算是云和街的故居了。我甚至觉得那房子拥有我的大半生，我在那里经历了生离、死别与兴衰。想着想着，竟觉得那房子装得下一部历史，最起码，也像黄粱一梦。

不知是否对于每个孩子都一样，那房子里面的记忆，远不如它周遭的清晰。譬如明亮的客厅，总不如地板底下，我那"藏身的密穴"来得有诱惑力；父亲养的五六缸热带鱼，也永远比不上我从小溪里，用畚箕捕来的"大肚鱼"；

而母亲从市场买回的玫瑰，更怎及得上我的小草花?!

童年的房子，根本就是童年的梦!

我记得那老旧的日式房子，玄关前，有着一个宽大的平台，我曾在上面摔碎母亲珍贵的翡翠别针，更在台风涨水时，站在那儿"望洋兴叹"!

平台边一棵茶花，单瓣、白色，并有着黄黄的花蕊，和一股茶叶的幽香，不知是否为了童年对它的爱，是如此执着，我至今只爱白茶花，尤其醉心单瓣山茶的美。

茶花树的下面，有一丛小棕榈，那种细长叶柄，叶片弯弯仿佛一条条小船的树。记忆那么深刻，是因为我常把叶子剪下，放到小河里逐波……

小河是我故居的一部分，小鱼是那里抓的，小鸡尾巴花是那里移的，红蜻蜓是雨后在河边捕的，连我今天画中所描绘的翠鸟，都来自童年小河边的柳荫。

还有那散着幽香的野姜花、攀在溪边篱落的牵牛……甚至成群顺流而下，五色斑斓的水蛇和又丑又笨的癞蛤蟆，在记忆中，都是那么有趣。

作为一个独子，在我童年的记忆中，最要好的伴侣，竟然多半是昆虫！

小小貌不惊人的土蚱蜢；尖尖头，抓着后脚，就会不断鞠躬的螽斯；长长须，身上像是暗夜星空，黑底白斑点的天牛；拗脾气，会装死的甲虫；不自量力，仿佛拳击手的螳螂；还有那各色的蝴蝶和蛾子，都是我故园的常客。

当然，黄昏时爱在屋脊上聒噪的麻雀，筑巢在厕所通风口上的斑鸠，以及各种其他的小鸟，更带给我许多惊喜。最起码，我常能捡到它们的羽毛，用书本夹着，一面读，一面想，神驰成各种飞禽。

我在童年的梦里，常飞！虽然从未上过屋顶，梦中却总见房顶在脚下，渐远、渐小。尤其是梦中有月时，那一片片灰蓝色的瓦，竟然变成一尾鱼，闪着银亮的鳞片，又一下子化作星星点点，坠落院中……

做梦的第二天，我就会去挖宝，挖那前夜坠落的小星星。我确实挖到不少呢！想必是日本人遗落的，有带花的碎瓷片、洋铁钉、小玻璃瓶、发簪和断了柄的梳子，这些都成为我的收藏，且收藏到记忆的深处。

看侯孝贤的《童年往事》，那许多光影迷离的画面、静止的午后巷弄和叫不停的蝉鸣，简简单单，却又强而有力，想必也源自童年似真非真，却又特别真的记忆。尤其是以低视角取景的屋内，更表现了孩子在日式房间里的"观点"！

我记忆中的"观点"，虽在室内，却落在屋外。我常凭栏看晚天，看那黄昏"托"出瘦瘦的槟榔和窗外一棵如松般劲挺的小树。前门不远处的芙蓉，晨起时是白色，此刻已转为嫣红。窗前的桂花，则变得更为浓郁。

虫声渐起、蛙鸣渐密，萤火虫一闪一闪地费人猜。它们都是我的邻居，叫我出去玩呢！

我常想，能对儿时故居有如此深而美的记忆，或许正由于它们。因为房子是死的，虫啊、鸟啊、小河、小树才是活的。活生生的记忆，要有活生生的人物。

我也常想，是不是自己天生就该走艺术的路线，否则为什么那样幼小，就学会了欣赏树的苍劲、花的娟细、土的缠绵，乃至断瓦、碎瓷、衰草和夕照的残破？

抑或我天生有着一种悲悯、甚至欣赏悲剧的性格，所以即使在一场大火把房舍变为废墟之后，还能用那断垣中的黄土，种出香瓜和番茄，自得滋味地品尝。且在寂寥的深夜，看一轮月，移过烧得焦黑的梁柱，而感觉几分战后的悲怆与凄美。

失火的那晚，我没有落半滴泪。腾空的火龙，在我记忆中，反而光华如一首英雄的挽歌。我的房子何尝随那烟尘消逝？它只是化为记忆中的永恒。

有一天，我偷偷把童年故居画了出来，并请八十三岁的老母看。

"这是什么地方？"我试着考她。

"一栋日本房子！"老人家说。

"谁的房子呢？"

老人家沉吟，一笑："看不出来！"

"咱们云和街的老房子啊！"我叫了起来，"您不认得了吗？"

"哦！听你这么一说，倒是像了！可不是吗……"老人家一一指着。却回过头，"不是烧了吗？"

"每个故居，有一天都会消失的！"我拍拍老人家，"但也永远不会消逝！"

大 地

山水之爱·山水六帖

据说从水底看海面
明亮
如同蔚蓝的苍穹
便想：
从大地看到的天空
会是另外一片海洋
想着想着
竟轻飘了起来
觉得自己是条漂泊的鱼……

莲的沉思

在西湖，三潭印月的莲池边，凭栏站着一群人，大家争先恐后地往水里抛东西，原以为是喂鱼，走近看，才知道居然在扔钱。

仲春的莲叶还小，稀稀疏疏点缀着水面，而那幼小的莲叶竟成为人们游戏甚或赌赌运气的工具——看自己抛出去的钱币，能不能准确地落在莲叶上！

或是由罗马传来的吧！而在罗马呢？则八成是想敛财的人想出点子，叫大家丢个钱币、许个愿，愿有情人终成眷属，愿在未来的某一天，能再游那"七山之城"！

岂知这"点子"就一下传开了，不论弗吉尼亚州的钟乳岩洞，或纽约大都会美术馆的埃及神殿，只要在那风景胜处、古迹面前，能有一盈水，便见水中有千百点闪亮——千百个游客的愿望。

曾几何时，西方迷信竟传入东方的古国，生性俭朴的中国人，又不知怎的一下大方起来，当然也可能是赌性吧！小气的人上了赌桌，也便不小气了。

就像此刻满天的钱币飞向池中，是为许愿，还是为了看看自己能不能正中莲心？

多数的钱，都落在了水中，毕竟池子大、莲叶小啊！

但是小小的莲叶，目标再不显明，又岂禁得住如此的"钱雨"？

一枚中了！

四周爆发出欢呼！

又一枚中了！

有人甚至同时丢出整把钱币："看你中不中！"

果然有些莲叶瞬间连中数元，在阳光下点点闪动，像一颗颗浑圆的露珠。

群众愈得意了，钱币非但未停，且有更多人加入了抛掷的行列……

小小的莲叶，多有钱哪！尤其是在这个并不富有的国家，只怕孩子们都要嫉妒了呢！小小的莲叶，真是愈来愈富有了，不但钱靠着钱，而且钱叠着钱……突然——默不作声地，那莲叶的边缘，向水中一垂，载满的钱币全溜了下去。折下的叶边立刻又浮回了水面，干干净净，空空荡荡，一如未曾发生过什么事。喧闹的人群一下平安静了！有人骂出粗口，有人扭头便走。只有那一池淡泊的君子，依然静静地浮在水面沉思……

我心相印亭

柳，初展宫眉，春草已经蔓上了石阶，且不止于此地，在青瓦间放肆起来。是有那么多的尘土堆积，使草能在上面滋生？抑或青瓦烧得不够透，日晒雨淋，又回归为尘土？

无论如何，"黑瓦绿苔"便有了些"白发红颜"的感触；黑瓦是愈黑了，绿苔也对比得愈翠了。它更使人想起《长恨歌》里的"落叶满阶红不扫"，只是红叶萧条，描写西宫南内的凄清。这"滋苔盈瓦绿生情"，写的是西湖堤岸挡不住的春色。

先是被亭瓦的景色吸引，游目向下，竟还有个撩人的名字，说她撩人，倒也不似，只是引人遐思。

"我心相印亭"，多罗曼蒂克的名字啊！令人直觉地想到情侣，便步入其中，看看会是何等隐蔽的处所。

"不隐秘嘛！"看到那不过几道栏杆，且伸向水面，四望毫无遮掩的亭内，我失望地说。

"您未免想多了！"一位正凭栏的老先生回头笑道："坐！坐！坐！坐下来看这湖水，看这水中的倒影！看看水中的你，你眼中的水，看你的心、湖的心，心心相印！"

如伽叶的拈花，我笑了：

"深林人不知，明月来相照。

西湖人去尽，我心相印亭！"

云　泥

你追过云吗？我追过！

你洗过云吗？我洗过！

少年时，我爱极了登山，而且是登那人迹罕至的高山，在不得不归时才离开山。

云就在那时与我结了缘。

晴朗的天气，山里的浓云，必要到下午四五点钟才会出现，午间直射谷底的阳光，将山林的水汽逐渐蒸发，缓缓上升。这时由于日光已斜，山背光和向光面的寒暖差异，造成气压变化而引起山风，将那谷中的淡烟拢成迷雾、攒为浓云，且在群山的挤压下迅速升腾。

云就在那时与我追逐。

我知道被浓云笼罩的山路是危险且难以呼吸的，所以总盼望在云朵与云朵之间的空白处行走。远看一团浓云，即将涌上前面的山道，我们就奔跑着，趁云未上的时刻通过。

尤其记得有一回穿过山洞，身后正有浓云滚滚而来，我们一行人拼命地在洞里跑，那云居然也钻入了洞中，在我们的身后追逐，回头只觉得原本清晰的景象逐渐模糊，所幸眼前山洞另一侧的景物依然清明。正高兴赢得这一场，恣情喧笑着跑出洞口，却又顿时陷入了十里雾中，原来那在洞外的云跑得更快，竟偷偷掩至我们的身边。

至于洗云，你是难懂的，但若你真真洗过云，必会发现那云竟是淡淡的一抹蓝。

有一年秋天，我由龟山脚，过鸬鹚潭，直上北宜之间的小格头，由于在潭里盘桓过久，而山色已寒，使我们不得不赶路，否则一入夜，就寸步难行了。

正值淫雨之后，那时到小格头的山路仍是黄土道，出奇陡斜而湿滑的路面，使我们常不得不手脚并用地攀爬，一直到将近小格头，才喘口气地回头看一眼。

真是令人难以忘怀的画面哪！千层云竟然就在脚下不远处，涌成一片浩渺的云海，我们则是从那海中游出来的一尾尾的鱼！

等公路局的客车时，同行的女孩子对我说："看你脚上都是云泥，让我帮你冲一下吧！"

云泥？可不是吗！那是云凝成的泥，泥里夹着的云！

灰暗的晚天下，我确实看见她用水冲下的，不是黄土，而是深深的宝蓝色的——云泥！

雾　白

　　曾看过一部恐怖电影，片名是《雾》(*The Fog*)，描写由海上来的鬼船和厉鬼们，随着浓雾侵入小镇。

　　时隔多年，已经记不得片中的细节，倒是那由海上瞬息掩至的浓雾，在灯塔强光照射下所发生的深不可测的光彩，总在脑海里映现。

　　那是当光线照上去，表面反射一部分，穿透一部分，又经过层层云雾，再三反射与穿透之后，所产生的神秘之光。它不像逆光看去的云母屏风那么平，也不似月光石折射出来的那样晶晶亮亮，而是一种柔软均匀，又能流动的东西。

　　每当乘坐飞机，穿越云层的时候，我都极力想从窗外捕捉这种映象，只是日光下的云雾，光洁有余，却总是少了几分神秘的韵致。

家居有雾的日子，我也临窗眺望，看那路灯是否能制造影片中的效果。或许因为雾不够重，光又不够强，还是觉得滋味平平。

直至今年暑假，到清境农场，夜晚游兴不减，漫步向山里走去，没有路灯，地上水溶溶的，高大的松柏在阴暗的夜空下，穆穆地立着，四周是一种夜山的沁凉和窥不透的诡秘，正有些踟蹰是否应该回头，远处的山道边，突然灿起一片光彩。

一团白光，由山谷中瞬息飘上，前面的林木顿时成了深黑的剪影，那光团且迅速地扩大，竟使人觉得半座山都燃烧了起来。是火光吗？但不见火！是浓烟吗？又不嗅烟。那么是从何而来的如此万丈光华呢？

一辆车子由山边转过，刚才的一切竟全消失了，才知道原来这如幻的景象，都是因为车灯射入浓雾中所折射。但过去在雾中驰车的经验不是没有，为什么只有此刻才能见到?

仅仅两盏车灯啊!直直的光线,没入那云深不知处,车中的人,只觉得前面是一片迷蒙,或许犹在抱怨光线的不足,岂知那直光,竟然在不断折射之后,成百成千倍地扩大,在有缘人的眼中,灿烂成无限的光华。

只是,灯去之后,依然是冷冷的山、凉凉的雾。过眼的光华,仍在视网膜上残留,眼前的景物却又回归平静……

我的车灯,山的迷雾,你的灿烂!

此后,每一次夜里开车,驶过雾中,我都想:会是哪位有缘人,有这样顿悟的刹那?

南 山

到紫禁城外的北海公园,看一年一度的菊花展,上千盆的名品，把菊花的造型带到了令人难以想象的境界，正陶醉中，却听见一个爱嚼舌的北京人，戏谑地说："什么采菊东篱下，悠然见南山，您猜怎么着？根本就是斜眼！"顿时引起一阵哄笑。

那调笑的人，岂知陶渊明的境界，乃身在物中，而不囿于物，如饮酒诗前面所说："结庐在人境，而无车马喧，问君何能尔，心远地自偏。""心远"正是诗人能保持宁适的方法。所以东篱采菊，固然已属雅事，但那采菊的悠然，以及由此引发的出尘之思，才是最高的境界。

曾见梁楷画的《渊明采菊图》，诗人拈一枝花，放在鼻际，眼睛却全不看手中之菊，而是骋目远方，正画出了靖节先生的精神——他骋目向何处？当然是南山！画家为什么不画出南山？因为南山不必有形，只是一个境界！

如此说来，南山就不必非是南边的山，甚至可以不是山了。当陶渊明走向东篱，弯腰折一枝菊花，再缓缓抬头，面向远方，又何必有所思、有所见呢？因为那是一种怡然恬适、无拘无束更无争的胸怀啊。

遂让我想起他在《归去来辞》中的句子：

"引壶觞以自酌，眄庭柯以怡颜。倚南窗以寄傲，审容膝之易安。园日涉以成趣，门虽设而常关。策扶老以流憩，时矫首而遐观。"

那矫首遐观的是什么？

什么都不是，是一种大而无形的旷达与悠然！

水 云

请王壮为老师为我刻画室"水云斋"的印章，老师说："想必是出于杜甫的诗句'水流心不竞，云在意俱迟'吧?！"

又请文友薛平南为我刻一方，平南附边款："水流心不竞，云在意俱迟。丁卯冬，平南并录杜句，为水云斋主人。"

朋友见到我的水云斋，则笑说："想必你是要退隐了，因为既然有了'不竞之心'和'俱迟之意'，当然生了'箕山之志'！"

我则心想，如果硬要套上诗词，他们为什么不提王维的"行到水穷处，坐看云起时"，或是韦应物的"浮云一别后，流水十年间"呢？

其实我的水云斋名，是在少年时就想到的，那时候常爬山，也便总有拂云涉水的经验。台湾的山里特别潮湿，远看的云烟，到眼前成为迷雾，穿进去湿凉凉的，加上山里的阴寒和景物的朦胧，则给人一种在水中游走的感觉。

有时候涉水到瀑布旁边，水花飞漱，随着山风扬起，更让人分不出是水、是云。还记得有一回在两壁狭窄的山洞里溯溪而行，突然由前面洞口涌进一团浓云，随着凛冽的山风，飞速地从身边掠过，那雾不知是否因为被峡谷浓缩，紧密得令人难以呼吸，又仿佛一丝一缕地从身边掠过，加上脚下的冷冷涧水，就更让人云水难分了。

所以，在我心中，水和云是一体的，她们都无定形，都非常贴肤，都难以捉摸，也都带些神秘。有时候觉得自己未尝不是云水的化身，以一种云情与水意，生活在云水之间。

如果非要问我水云斋的来处，便请听我少年时作的"云水之歌"吧：

云水本一家，　　　　家在云水间，

牵裳涉水去，　　　　化作云中仙。

朝在西山坐，　　　　夕在东山眠，

我身在何处，　　　　虚无缥缈间。

南山为晓雾，　　　　北山为暮云，

唤我我不见，　　　　挥我在身边。

春雨也绵绵，　　　　秋雨也涓涓，

流入江海去，　　　　此生永不还！

黄山散记

今年四月，我排除了一切工作和应酬，逼着自己再做一次黄山之行。

旅行团办得极好，尤其妙的是团员多半为艺术家，工作既同，兴趣也近。我们由云谷寺坐缆车直上黄山北海，经始信峰、石笋峰、观音峰、仙女峰，再由狮子峰、梦笔生花、笔架峰，下散花坞。而后由西海、排云亭，过丹霞峰、飞来石、光明顶、鳌鱼峰、莲花峰至玉屏楼。最后由蓬莱三岛、天都峰至半山寺、慈光阁。

虽未能遍游黄山七十二峰，但餐烟沐雨、零霜履冰，一周之间，如经历四季晴晦。且既获艳阳高悬，得睹黄山雄奇之骨；又遇明月当空，得窥幻化阴柔之面。

古人说："五岳归来不看山，黄山归来不看岳！"又有句"岂有此理，说也不信，真正妙绝，到者方知"可见黄山之奇。

沿途写生摄影甚多，数月整理，已略见头绪，只是镜头看黄山，毕竟有如以管窥天，难见其大。此处择数帧及近作一张，配以短文刊出，盼能不负山灵。

排 云

只缘昨日没来得及画排云亭右侧的景色，今天虽然镇日豪雨，仍然趁着雨势稍弱，冲上迷蒙的山道。

雨是经过松叶筛下来的，或没有雨水落下，再不然则像小时候，用稀泥打仗般，一小团、一小团地漫天飞舞，打在雨衣雨帽上，咚咚咚咚，如同沉沉的战鼓。只是觉得那雨水未免落得太重了些，伸手到空中试探，竟抓住一颗雨滴，在掌中闪耀溶化。

排云亭位在丹霞峰的半山，左拥岑立峭拔的"薄刀峰"；右抱松涛汹涌的"松林峰"，这两个名字，使人想起《水浒传》里的众家豪杰，加上后面的"丹霞"，更有些道家的神秘。

可不是嘛！薄刀峰下一块奇岩，像煞倒放的靴子，名叫"仙人晒靴"；松林峰下一柱擎天，柱顶像有只裹小脚穿的高底绣花鞋，于是女性的阴柔也加入了。

或许这就是黄山吧！有它雄浑、壮阔、幽深、峻切的山容，也有它神秘、诡谲、险怪、峭拔的林相。更有那雾腾霞蔚、幽谷涵岚的烟云供养。

譬如此刻，漫漫云雾，正随着那雾雪雹冰滚滚而来，由两山之间涌入，愈行愈窄，愈变愈浓，突然穿越崖边的铁锁迎面袭来，伸手去挡，手已不见，十里雾中，只一片白。

至此，我终于领悟排云亭的排云……

文　殊

"不到文殊院，不识黄山面！"

大概自从建成文殊院，便有了这句话，也恐怕是文殊院的人如此说，为了让大家来拜文殊菩萨！

文殊菩萨早没了踪影，文殊院改名为玉屏楼，并非楼中有玉屏，而是楼在玉屏峰之上。

一般屏风，小则二屏，多则六屏，再大也不过八屏。但是玉屏峰的屏多达千折，而且是以石为屏，以松为文。这上千的玉石屏风一层层地由山下向中央聚拢，中间一线，是玉屏梯，远远望去像一朵初绽的莲花，莲心则是旧时的文殊院。

于是文殊菩萨不见倒也对了！这玉屏峰本身不就是文殊吗？只是人在佛心，而人不自知，如同登玉屏峰的人，只觉得山路奇险，两边石壁差堪容身，却没想到自己正走在黄山最美的风景之中。

从天都峰上的天梯回首玉屏峰，缥缥缈缈地隐入云海，真是有若仙境，如游梦中。

我心想："不到文殊院，不识黄山面"，下面应该再加一句：

"不涉天都险，不识文殊面！"

蓬 莱

黄山在安徽，距海远，却跟海结了缘。

倒不是说黄山是从海里冒出来，这世上有几座山不曾为沧海呢？

黄山之海，是云海！所谓黄山因松而奇，因云而秀。黄山的美，除了原先具有的嵯峨山岩，松与云更不可少。所以也能说黄山是以石为骨，以松为血肉，以云烟为呼吸。而黄山是占地一千二百平方公里的大山，它的呼吸便成为云海，云海中的山，也不再是山，而成了岛！

"蓬莱三岛"就是这样得来。

三道奇石，耸立山间，前扼玉屏峰之峻，后勒天都峰之险，却又卓然独立，自成家数，任是谁走到三岛之间，都忍不住叫一声：奇山！

实际三道奇石，不过几丈高，只能称石，不能叫山。可是不仅成为"奇山"，而且变为"仙岛"。

当风起云涌，由黄山西海漂来，缓缓流过两大山峰之间，那三道奇峰只露山头，在万顷的云波间浮浮沉沉，不论住在文殊院或行在天都峰的人，远远望去，都像极了三座若隐若现的海岛。

至于月出东山，整个山谷洒上一片宝蓝色，那三座奇石一侧映着月光，一侧隐入黑暗，把长长的石影拖向山谷，就更像梦中之岛，立在一片蔚蓝的海洋之间。

所以山不在高，也不在有仙无仙，而在其姿态之奇。譬如这蓬莱三岛，在黄山群峰之间，大小只堪做个盆景，却能小中见大，使人们走到这儿，突然像聚光镜般把七十二峰的印象，全凝汇到一块儿，发出鬼斧神工的赞叹。

蓬莱三岛的妙，就在此。所以有人说它是黄山的心灵，藏在深谷之间。也有人讲它是黄山之眼，如秋水、如宝珠、如寒星……

天 梯

站在迎客松前看天都峰，像用条长尺，在光滑的山壁间直直画了几道，上面是冒入天际的云烟，下面是不知其底的深谷。

那直直的几条线，就是直通"天都"的"天梯"！

早上，年纪较长的队员，纷纷掏出巧克力、牛肉干等零食，塞给我们这些准备上前线的小老弟、老妹们，又十分戏谑地拥抱一番："好自为之啊！""多保重啊！"可惜黄山无柳，否则这文殊院前就成了"灞桥"！那迎客松下反成了"阳关"！

天梯之前是登山站，几个管理员检视行李，大的背包一律搁下，又叮嘱登山中途少做停留，免得下面的人上不去。大有此行是只能向前，纵使有刀山剑海也不容后退的意思。

遂想起日本名登山家三浦裕次郎登珠穆朗玛峰的那句话：

"此刻我已不畏惧死亡，比死亡更可怕的是失败。"

"我已经无法将'危险的前进'，转变为'困难的后退'，所以只有选择前进！"

过去听人说："登黄山，小心别擦伤了鼻子！"还弄不清楚怎么回事，直到踏上七十度的天梯，才发觉鼻子真快要碰上前面的石阶。

一阶一阶的做法，至此已行不通，因为路陡得容不下那许多阶。于是只好做成左一脚、右一脚，交次出现的情况，仿佛在山壁上凿洞攀缘，那洞不平行，而是交错的！

前面沿途帮过大忙的路边铁索，也不够用了，必须一手拉索，一手攀岩。所幸那岩壁间特别凿下了许多深孔，恰恰容得手指。登山者必须运指如钩，才能保得平安。

记得小时候去指南宫，见过一联：

"且拾级直参紫府

乍回头已隔红尘"。

此刻便改作

"且攀缘直上天都

莫回头了却尘缘"。

这后一句岂不妙绝！当作二解：

莫回头！否则失足坠下，便将了却今世的尘缘！

莫回头人间世！且了却尘缘，直上天都吧！

天　都

从天都峰回来的人，少有人真能说得出这黄山绝顶的景象。

是因为行过天梯，已经精疲力竭而无心赏景？

是因为天都之为天都，如同极乐之为极乐，既已是至善至美之地，也便无喜无嗔、无贪无念，但愿一片融融，不可说、不能说，无法说也不必说？！

是因为天都峰总笼在一片迷雾之中，只在此山中，云深不知处，连自己都看不清，更何况山容岳貌了！

是因为天都峰已在黄山群峰之上，一览众山小，既没了比较，便如功业彪炳的盖世英雄，或年行过百的人瑞，留下的不是自豪，而是孤独？

在强劲山风的挟带下，云雾像白纱窗帘般一层又一层地拉过，天都顶峰层叠的奇岩和洞穴间，便上演一幕又一幕的史诗。

这是历史的诗，用亿万年岁月，雕琢山河大地所成的交响诗。若这诗中有一夜天崩石裂，那便是大地之钹；若有一天群石滚动，那就是大地之鼓。

直到天地皆老，滚动的、崩裂的、飞扬的、升起的，都安静睡去，巧巧妙妙地，互让互就地，摆出一种大家都能接受的姿势，成为天地间一完美的组合，便是这史诗的完成！

所有的错误、悲剧、巧合与不巧合，在历史的眼里全是当然！

不论人的史诗或山河的史诗，这都是不变的道理！

情　锁

什么锁是这样的锁？

什么情是这样的情？

在黄山之巅，那风雨凛烈，终年霜雪的天都峰，竟有成千上万个锁，被不知名的人锁在崖边的铁链之上。它们也当是知名的，因为每一把新锁的主人，都会刻下自己和自己爱人的名字，然后虔敬地，以一种参拜或赌誓的心情，把那刻了名字的锁，紧紧扣在黄山最苦之地。

是的！若无风霜雨雪的试炼，如何见那情的坚贞?!

若没这坚实的铁链和铜锁，又怎样表示那情的强固?!

于是日复一日，那原本用来防护，作为围栏的铁链，便只见上面成串的锁，而不知其链子。甚至有些锁上加锁，锁成一串。或一个铁链的孔眼，竟同时锁上了许多，变成一朵金属的花。

使我想起在挪威看过的雕刻公园，里面有一座生命之柱，无数扭曲的人体交缠在柱上，虽说是柱，已不见柱，那柱是用爱恨交织成的"生命"！

这些纠缠在一起的锁，就是爱恨，成为解不开的结、结中的结！

相信在这山头有多少锁，在那山谷便有多少钥匙，因为每个把锁锁上的爱人，都相信他们生生世世，不会再开这锁，那锁的是爱，爱是永远的锁。

钥匙便被抛向空中，带着欢愉、带着祝福，无怨无悔！

就算有怨有悔，又会有人重新登上这天都峰顶，把那负了他的锁撬开吗？

若是年轻，可能！只是也可能没了情怀，既然情已不再是情，又何须管那情锁？

若是已经年老，就更不可能了。两个完整的心，尚且难得登上天都，一颗破碎年老的心，又如何谈？

尽管如此，我还是买了一把锁。买锁的人问："刻什么名字？"我说："不必了，空着！"

我把锁扣上，突然想起一首不知名的诗：

"我的家在汨罗江畔，像一颗纽扣，扣在大地的胸膛……"

我说："这锁是我的，我把黄山锁上，黄山也成了我的——在我的心中！"

石之爱 · 雨花石

雨花石都是魂魄变的,
那是滴血的石头、含泪的石头,
不信你只要盯着它们看,
就会见到里面许多摇摇摆摆的人影……

　　从秦淮河畔买来雨花石，一种小小的玛瑙，也许是亿万年前从大块玛瑙中碎裂的石块，又经历岁月的磨蚀，变成一颗颗浑圆的小东西。于是当大的玛瑙必须在剖开之后，才能见到层层纹理时，这小小的雨花石，却能在分寸之间，体现千百种的变化。也可以这样比喻：大块玛瑙如同大的贝壳，不切开就看不到贝页中断层的美，雨花石则像是用大贝壳磨成的珠子，颗颗晶莹，层层变化。

　　雨花石要放在水里养着，不知因水折射，抑或滋润了石头的表面，小石子一入水，就活了！像小丑面具、像绣花荷包、像热带鱼斑斓的文身、像里面藏着故事的水晶宫。不！应该说她们像是水精，剔透、纯洁又有些鬼魅的精灵。

　　我把一大包雨花石泡在白瓷的水仙碗里，放在桌子一角，常忍不住地伸手拨弄几下，所以桌上总滴着水，翻过的书经过湿湿的手指，也便不如以前平整。我常想：赏盆景，是远观，可以遐思山水庭园。养雨花石，则能亵玩，幻想里面的大千世界。

雨花石确实有一段故事。据说梁武帝时，云光法师讲经，天上落花如雨，掉在地上，就成了五色的小石头。故事很美，却有朋友吓我：

"雨花台，你知道那是什么地方吗？那是专门枪毙犯人的！所以雨花石都是魂魄变成，那是滴血的石头、含泪的石头，不信你只要盯着它们看，就会见到里面许多摇摇摆摆的人影！"

于是夜阑人静，我独自伏案笔耕，水碗表面随着笔触的振动而荡漾时，那些小人影就跃跃欲出了。

不过带一点儿恐怖的美丽，总是耐人寻味的，如同倩女幽魂的美，具有妖娆与清癯混合的印象，即使是小孩子造访我的画室，原本对雨花石没什么兴趣，听到这鬼故事，也顿时眼睛发亮起来。

"你可以挑三个带回家，叔叔送你的！"每次看见小孩爱不忍释的样子，我都会慷慨地这么说。

　　于是可以预期地，带孩子来的大人，也参加了评选的行列，左挑、右拣，吵来吵去，甚至连同行的宾客，都加入了意见。

　　只是意见愈多，愈没了主见，最后小孩子手足无措地抬起头：

　　"叔叔！为什么挑三个，不是四个？"

　　到头来，三个进入口袋，孩子的心却留在了碗中，挑去的三个永远是最合意，也永远是最失意的。好几次在小孩子走出门后，我都听见大人们吵着：

　　"叫你拿那颗黄的嘛！我看黄的最美！"

　　"为什么不听妈妈的话，拿那个小鹌鹑蛋呢？"

　　"可惜我没带孩子来，否则老刘就又少三颗了！"

　　我的雨花石，真是愈来愈少，最后只剩下一颗，最丑的，孤零零地站在水碗里，像是一个失去同伴的娃娃，张着手，立在空空的大厅中间。

　　"这是什么东西？"朋友五岁的女儿，趴在我的桌边，踮着脚，盯着我剩下的唯一一颗雨花石，竟无视于她父亲严厉的目光，一个劲儿地问，"是什么？是什么吗？"

"是雨花石，好看吗？喜欢吗？"

"好像彩色糖，喜欢！"

"送你吧！"

"真的？"她抬起头，目不转睛地问，手已经忙不迭地伸进水碗。

那小丫头是跳着出去的，她的父亲，也千谢万谢地告辞，说小丫头不懂事，我真惯坏了她，只听她喜欢，就把自己唯一一块从南京带回的宝贝送给了孩子。

他们的笑声一直从长廊的电梯那头传来。送出了几十颗雨花石，每个孩子分三颗，我却从这个只有一颗的孩子脸上，看到满足的笑容，百分之百地，没有遗憾，只有感谢……

石之爱·姜糖冻

谁说"情到深处无怨尤"？
这世间除了"情至浓时情转薄"，而可能不计较。
真有深情，怨尤是只会加重的！

在北京琉璃厂大街上，逛了十几家店，只有到荣宝斋，才被这块"冻石"吸引住。

那是一方高一英寸半，长、宽各一英寸的印章材料，蒙古巴林的产物，所以又叫巴林冻。巴林是晚近才发现印石的，虽不如青田、昌化来得著名，但是石色丰富，倒有后来居上的架势。

就拿这一方"冻石"来说吧，跻身在那上百的鸡血、田黄、鱼脑、芙蓉、荔枝冻石之间，竟毫无逊色，而且一下便抓住我的眼睛，让我把鼻子也贴在了玻璃柜上。

真是何其美好啊！半边温润剔透、莹洁如玉，半边黄中带红，介于翡与田黄之间，直让人觉得有股暖流从那石中散发出来，通过双眼，熨帖全身。

我要求店员拿出来，小心地接过，先将那印石左右摩挲一遍，愈显出里面纤纤的纹理，再把印石举到灯下，看那光线在其中折射之后，散发出的暖暖之光。

如果说"田黄"带有萝卜纹，这方石头，则带着姜糖纹，因为它恰像小时候吃过的粽子形姜糖，在橙褐色中现出一条条细细的纤维。

不过那又不是真正的纤维，而像一层层结成的冰，或在流动时突然凝固的玻璃，在似有似无之间，随着光线的折射，显出水纹涟漪般的质理。

是亿万年前，这剔透且炽热如火的熔岩，从地心深处迸涌而出，却又在奔流时，突然被四面逼来的岩层禁锢，而凝固成一美好的奔跃之姿吧，仿佛坩埚中的水晶玻璃，在凝固前的每一振荡，都成为永恒的记忆。

就称它为"姜糖冻"吧！甜甜的确实可以入口呢！整块看起来，则又有些像是橘子羊羹，不但丝毫看不出坚硬的感觉，反有些触手欲融的忐忑。

被人们爱的很多玉石，或许正因为它们能勾起美好的联想，如水的清、如雾的迷、如脂的腴、如糖的甜，或像是果子冻的剔透、像是蜜饯般的润泽，在那真实与虚幻之间，引发人的喜悦。

　　只是在这喜悦之中，却有着一丝遗憾，因为我在灯下，竟发现一条长长的裂璺，从石头的右上角，斜斜地延伸而下，虽然只是一条深藏在内的石纹，表面难以觉察，多少总是缺陷。

　　我把裂纹指给店员看，希望价钱能便宜些。店员找来经理，却说正因为有裂纹，才定出这样的价钱，否则怕要加倍了。

　　我摩挲再三，将那姜糖冻在灯下照了又照，放回盒子，再取出来，中途还转去看其他的印材，甚至到楼上逛了画廊，仍然无法忘情。只觉得那方印石，从我触目，便仿佛一见钟情的恋人，有一种心灵的契合，再难分开了！

　　于是它由我天涯的邂逅，成为万里行的伴侣，从丽都饭店，带到北京饭店，出八达岭，上长城，又游遍了北海和圆明园。在黄沙北风中，我的手揣在厚厚的大衣里，暗暗地摩揉着它，本是因我体温而暖的玉石，竟仿佛能自己发热般，在我的指间散出力量。

那黄沙北风的来处，不正是你的故乡——巴林吗？冷冷的大漠北地，如何诞生像你这样温情之玉？抑或因为你离开穷乡，来到京城，被那玉匠琢磨、打光，且衬以华贵的锦缎之盒，端坐在那荣宝斋的大厅之上，便显露了天生难自弃的丽质！

由香港，转回台北，再飞渡重洋来到纽约，立在我丽人行的古董柜中，她依然是那么出众。

于是西窗下，午后斜阳初晒上椅背时，我便喜欢端一杯咖啡，斜倚在窗下，把玩她。阳光是最明澈，而适于鉴赏的，这方姜糖冻也便越发温润剔透，而引人垂涎了。

我总是把她先在脸上摩擦，使得表面油油亮亮的，再拿到阳光中端详，仿佛梳洗初罢，拢开额角，朗朗容光的少女，被恋人抬起羞垂的下巴。

可惜的是，那石中之璺，在阳光下也就变得特别明显，且每每在我赞叹那无比温润蕴藉的时刻，突然刺目地闪动出来。

那是一个暗暗的阴霾与梦魇，在最浓情蜜意时产生
杀伤的作用，好比初识时不曾计较的玷斑，在情感日深
时造成的遗憾，且爱得愈深，遗憾也愈重。

于是每当我拿起它，便极力地摩挲，用凡士林油一
遍又一遍地涂拭，捧在手中，用自己的体温与满腔的爱
来供养，希望那石中之璺，能因为油的浸入而减淡、消失。

但是璺依旧，遗憾更深。

早知如此，当初又为什么选上她呢？只因为她不可
再得？只由于那见面瞬间的感动？

然则，又有什么好怨？

谁说"情到深处无怨尤"？这世间除了"情至浓时
情转薄"，而可能不计较。真有深情，怨尤是只会加重的！

但，又是什么力量，催使我每天不断地摩挲她呢？
不正像是掘井人，只盼下一铲可能冒出水，便不断努力、
千铲、万铲、千万铲，竟挖出自己也难以置信的深度。

于是我这日日的供养，肌肤的温存，岂不正因为那

完美中的遗憾，只为了抚平创伤，所做的万般功德吗？

如果这石真完美无瑕，只恐捧着时怕她掉了，握着时怕

她溶了，又岂能有如今这许多殷殷的盼望与梦想呢？

　　我知道梦想不可能成真，而且从那相识的一天，选

择她的一刻，那石璺便成了心璺。但也因为这些遗憾，使

我发现世间全然的美好，是那么难以获得，这不美好的

反变得更真实。而在那疵缺之外的美好，也就更让我珍

贵了！

问 园

故园之爱·告别问园

当有一天
我们划不动了
就找一个港停泊吧！
我们不问那港的名字
只要求有一扇朝海的窗
看到点点的帆……

事情就这样发生了

这事情是从许久前就酝酿的，只是一面促成它的发展，一面又矛盾地把它遗忘，于是该写的文章、该作的画，依然如期地产生，也仍然总在午后端一杯咖啡坐到后园，面对一林的绿意。

篱角的黄瓜虽种得稍迟，而今也结实累累；原先的菜圃虽未再种菜，却自然冒出许多野草莓和番茄，便也帮着她们清除四周的野草，并搭起支撑的架子。

韭菜更不用说了，早青青翠翠地繁密起来，且深深地弯了腰。

于是春风依旧，辛夷依旧，茱萸依旧，丹萱依旧，蔷薇仍然是"风细一帘香"……

只是……只是怎么突然之间，这住了八年的幽居，这小小可爱的问园，竟不再属于我了呢？！

一对由罗马尼亚移民来美的音乐家，带着五六岁的男孩，在地产捐客的带领下，一次又一次地来访，且引来了他们的父母兄弟。房子并不便宜，卖了半年都没消息，我也就没把他们放在心上。

直到有一天，从窗间眺望，看见有辆车子远远停着，里面盯着我屋子看的，正是那对夫妇，我才对妻说："看样子，那对罗马尼亚的音乐家要买我们的房子了！"

果然，当晚就接到地产捐客的电话。

事情就这样发生了！

理还乱

像是震余，又如同劫后，虽不见烽燹，却有着一片混乱与凄惶。

柜子里的东西全搬到了外面，外面就变成了柜子里，大大小小的纸箱，高高低低地放着，到后来竟连走路的地方都没了，只好坐在箱子上喘气，俯在盒子上写信。信很简单：

"搬家！一片混乱，情怀尤乱，不知所云，稿债请容拖欠，信债请容缩水，待一切安定，当加倍偿还！"

其实这番令人精疲力竭的辛苦，原是可以避免的，美国有许多搬家公司，由登记、打包、搬运到拆封，只要告诉他哪个柜子要进哪个房间，到时候自己"人过去"，就可以了——一切东西保证原样，仿佛不曾移动般，在另一个房子呈现，位置不变，灰尘也依旧！

我就是不要这灰尘！平常繁忙，难得清扫一次，如今搬家，还能不借机会理一理吗？何况听说有朋友由纽约搬往新加坡，搬家公司来前才煮的饭，一转眼饭不见了，原来也被打包搬上了货柜，运去了地球的另一边。

因为他们只帮你搬，不为你选！

"选"远比"搬"麻烦多了！

看那大大小小，每一件小摆饰、杂物、文具，都能说得出一个故事。可不是吗？人到成家之后，最大的成就感，就是四顾房中，触目的一切，都能说出个道理。

那小烟灰缸，是我到跳蚤市场买的；这个雕像是大都会美术馆复制的；那方端砚，是由苏州抱回来的；这支羽毛，是我在森林里捡到的……至于那个大的，会动的——

是儿子，我和太太在十八年前生的！

于是，从小东西，到大人物，哪样没有情呢？又哪样舍得开呢？！

　　"选"就是这么难！每个被选上的，都得包装、搬运、拆封，也都代表一种负担。每个没被选上的，都得抛弃、进清洁袋、上垃圾车，代表着一去不回和永远的沉沦！

　　这天渊之别的遭遇，竟系于自己忙乱的一念之间了！

　　多么舍不下！又多么拖不动！

　　常感叹人年岁愈大，舍不下的愈多，拖的力量却愈弱。也便能了解，有些老人把别家丢出的垃圾，往家里搬的矛盾。

　　世间万物，皆有其用，岂能暴殄？

·　　直到有一天，吐出最后一口气，两手空空地离去。

　　在这"得"与"舍"的矛盾间，我是更加"理还乱"了！

遗忘的深情

　　你能相信吗？

我找出二十三根电线的延长线、十五个"三接火"、三十多支全新的圆珠笔和四十多根新铅笔，还有十九块橡皮、八管胶水、十一支美工刀和三十多个羽毛球……

有些东西，如橡皮擦，因为常在用的时候找不到，我便故意买许多，到处放，使得左右逢源。但是像延长线，全家也用不了几根，八年下来竟然窝存了二十三条，就令人费解了！

或许因为家里的每个成员，都不知道存货甚多，一时找不到，就以为没有，而出去买一条。用之后，放在一边忘了，碰到再需要，便又出去买。长久以来，竟存下这许多。

当然也有个可能，就是大家都觉得与其四处翻箱倒柜地找，倒不如干脆去买，在时间比东西值钱的情况下，这样做，反而更经济。

只是照这么想，搬家公司一箱一箱算钱，如果什么都舍不得，而由旧家搬往新家，可能许多废物的搬运费，都已超过了所值。如此说来，不该舍下吗？

于是想到了许多朋友，明明十分深交，久不往来，竟忘到了一边，再去交新朋友，也是同样的道理！

翻捡着旧日的书信，许多熟悉又遥远的名字跳入眼帘，再三引我心灵的震撼：

他们都在哪里？

随着我人生旅途的不断迁徙，是否都成为遗忘在抽屉角落的东西，或认为累赘，而抛下的行李？

何必再去外面买更多东西？许多家中现存的，已经够用一辈子。

何必再去交更多的新朋友？想想故旧，多多联系，不是更亲密吗？

永恒的诗篇

"不要往墙上扔球，免得弄脏了壁纸！"

"不要在客厅吃饭，保持地毯干净！"

"车房里有草肥，整个院子撒一遍！"

"拿电剪和梯子，把两边的树墙修剪一番！"

每次我这样说，儿子都会讲："房子不是已经过户了吗？我们是在住别人的房子！"

我也必然会回一句："这是我们的家，人在哪里，家在哪里！"

在湾边，这后面接着森林，林后有着海湾和芦荡的"问园"，一住就是八年。虽然正门对着一棵大树，又向着一条直直的马路，许多人认为风水不佳。但我在其中顺顺利利地生活。老母八十三高龄，依然健朗；儿子十八岁，又有了小妹妹；妻由大学主任助理，升到系主任。

我自己，也像是有了些人生的成绩。

谁说对着"直冲马路"的房子不好？我的房子就好！福禄寿兼具。福人宅，吾爱吾庐，我爱我小小的问园，她就带给我无穷的福分！

　　虽然早一天搬，可以省一日的房租（因为房子已过户给下任屋主，我多住的日子要付租金），我仍然坚持多留两天清扫的时间。

　　新搬去的家还一片杂乱，我们却回到问园，扫地、吸尘，让我们深爱的这房子，也能给新主人美好的印象！

　　"告诉新屋主，番茄和黄瓜要早晚浇水！"母亲叮嘱。

　　"跟那小鬼说，后面森林好玩，但要小心毒藤！"儿子讲。

　　"我要教她使用中国式的抽油烟机，并且告诉她可以大炒大炸，不用怕！"太太说。

　　"千万提醒我，别忘了告诉他们如何修剪紫藤，使藤变成一棵树！"我说。

　　临走，每个人交出钥匙，母亲说她的钥匙环太紧，拿不下来，能不能不拿？

　　"留着做什么？已经是人家的房子，我们不能自己开门进来了！"

"纪念，总可以吧？！"

推开门，是第几次推开家门？走下问园的石阶，只是这一番离去，竟有永远失落的感觉！

问园！这后林有多少小鸟是吃我的谷子长大的？一代又一代，年年冬雪中叩我的后窗。

这辛夷树下的白石，是多么美！谁知道那是我种菜时，由一铲到几百铲，再集多少人之力，一起动手才挖出来的？

我要叮嘱新屋主，早春别忘了阶边的小绿芽，是郁金香。仲春别忽略了院角树荫处，有大片的铃兰。

别急着锄地！别冲动地剪草！

问园里藏着许多神秘、许多美的消息！

问园！

她曾是我笔下的灵思，更是我生命中永恒的诗篇！

家园之爱·透天厝

阳光、白云或雨水，
都由那里漏下来。
有时候电影里下雨，电影院里也下雨，
真是太有临场感了……

在台湾听朋友说"透天厝"我总是不懂，直到自己在美国的房子开了天窗，才渐渐体会透天厝的道理。

"头顶上能拥有一片属于自己的天空，是多么好的事！"或许这是直到近代，人们才有的感慨。过去谁没有一间透天厝呢？甚至愈穷的人，愈会举头见天。

记得小时候常去的一家电影院，里面灯光一暗，就清清楚楚地，看见屋顶上的破洞，阳光、白云或雨水，都由那里漏下来。有时候电影里下雨，电影院里也下雨，真是太有临场感了。只见人们躲来躲去，四处换位子，甚至有人撑起雨伞，引来一阵叫骂。

听来多像笑话，但有什么比这更生活、更童年，也更真实的呢？

当然，也有那建造豪华，却真透天的房子。其中印象最深的，是罗马的万神殿，直径一百四十二英尺，能容纳上千人的大殿，居然没有一根横梁。四周弧形的石造屋顶，一齐向中央聚拢，簇拥着一片小小的天窗。

初入神殿时，真被那伟大的景象震惊了，只见一条细细的光柱，由屋顶斜斜射入，下面的人们，居然没有一个敢跨入那片光柱中。大家绕着光柱行走，仰面向天礼赞。

才知道阳光是如此庄严而神圣，走在一片朗朗的阳光下，有谁会礼赞？倒是那透天神殿中，一道跟外面同样的阳光，能引起如此的感动！

于是我自己拥有的天窗，就越发引得遐思了。

装天窗，竟出于台北朋友的建议：

"能住平房，多好！而今在台北，有几人住得起透天厝？要想透天，先得通过楼上邻居们的脚底，你能自己拥有一片天空，还不好好享受一番?！"

不过两日，天窗就装成了。那是一个四英尺乘四英尺的方窗，预先订制好，只需在房顶锯个洞，把窗子放下去，外面补上柏油，里面略加粉刷，就完工了！

于是我搬了一把躺椅，放在天窗下。坐着看立窗外的风景，仰着看天窗外的云烟。

"佛要金装，人要衣装，画要裱装。"原来天空也要装框，才来得美！透过天窗，天就成了活的图画，而且经过不断的剪裁，随时展现令人惊讶的巧思。

成片的蓝、成缕的银、成团的白，或一片灰蒙蒙的雨天，也有她特别的韵致。尤其是起风的日子，树叶成群地掠过，一下子贴上窗玻璃，突然又被吹去，加上逆光看去的剔透，这天窗竟成了个忒大的万花筒！

即使在夜里，天窗也是美的，尤其是刚装好不久，有一天踏入画室，没开灯，却见一片蓝色的光华，团团笼罩在我的躺椅四周，举头望，竟是一轮满月，使我想起乌苏拉·安德斯演的《苦恋两千年》，里面能使人千年不老的"月之华"，那冷冷的月之火焰！

但是，妻反爱那冷雨凄清的夜晚："这天窗是不必看，却能听的！你听雨打在天窗玻璃上的声音像什么？"

"像打在童年日本房子窗前油毛毡的雨棚上！"

"像落在小时候窗前的芭蕉叶上！"

家园之爱·半睡半醒之间

前生会否还有前生？

爱人之前是否还有更爱的人？

如同我那位朋友，半夜从妻子身边醒来，竟唤着他前妻的

名字……

迁入新居第一天的深夜，十七个月大的小女儿突然爆发出哭声，像是山崩地裂般地一发不可收拾。递奶瓶、送果汁，用尽了方法，还是无法和缓，一双眼睛惊惶地看着四周，拼命地拍打、挣扎！

妻和我都慌了，是不是要打电话给医生？会不会哪里疼，又不会说？

"你肚子痛吗？"我盯着孩子挣得通红的小脸问。

猛摇头，还是号哭不止，突然从哭声中冒出两个字："外外！"

"要上外外是不是？"总算见到一线端倪，二人紧追着问："可是现在天黑黑，明天天亮了，再上外外好不好？"

"不要！不要！外外！"小手指着卧室门外，仍然哭闹不止。

"好好好！上外外！"

可是抱到外外，站在漆黑的夜色中，小手仍然指着前方，只是哭声减弱了，不断喃喃地说："家家！"

"这里就是家啊！我们的新家！"眼看一家人，全被吵醒走出来，我指着说："你看爸爸、妈妈、奶奶、公公、婆婆，还有哥哥，不是都在吗？"

哭声止了，一脸疑惑地看着众人，又环顾着室内。

"还有你的玩具！"奶奶送来小熊。

接过熊，娃娃总算精疲力竭地躺在妈妈怀里，慢慢闭上眼睛。

只是第二夜、第三夜，旧事又一再重演。

为什么白天都玩得高高兴兴，到夜里就不成了呢？必是因为她睡得模模糊糊，张开眼睛，还以为是在老家，却又大吃一惊，发现不对，于是因恐惧而哭号。

那初生的婴儿或许也是因为每次醒来，发现身处的不再是熟悉了十个月的房子——妈妈的身体里面，而啼哭不止吧！如果他们会说，一定也是："家家！"

于是我疑惑：什么地方是我们记忆中真正的家呢？

每次旅行，半夜或清早醒来，总会先一怔："咦?！这是哪里?"

　　然后才哑然失笑，发现自己"梦里不知身是客"!

　　李煜离开家国北上，半夜醒来，先以为犹在"玉树琼枝作烟萝"的宫中，然后才坠入现实，怎能没有"身是客"的感伤?! 只是那"客"，既没有了归期，还称得上"客"吗?

　　每一块初履的土地，都是陌生的，都给人"客愁"；而当那块土地熟悉了，这客地，就成为家园。

　　只是如果一个人，像我的母亲在大陆三十多年，到台湾三十多年，又住美国十几年，在她的心中，什么地方是客? 何处又是主呢?

　　"儿子在哪里，哪里就是主。"老人家说，"所以每次你回台湾，我就觉得在美国做了客! 你回美国，我的心又落实，成了主! "

　　于是这"乡园"与"客地"，竟不在于土地，而在于人了。怪不得十七个月大的娃娃，要看见一家人，又抱到自己的玩具熊之后，才会有"家"的安心!

但家又是恒常的吗？

有位女同事新婚第二天说："多不习惯哪！半夜醒来，吓一跳！身边怎么睡了一个人？噢！想了一下，原来是丈夫！"

妻也说得妙：

"你每次返台，我先还总是睡半边床，渐渐占据一整张，偏偏这时你回来了，于是又让出半边给你。真有些不习惯！"

更有个朋友出件糗事，居然再婚三年多了，半夜醒来，叫自己枕边人前妻的名字。"这有什么办法？跟前妻睡了二十年，跟她才三年多啊！"他自我解嘲。

这下子，我就更迷惑了！莫不是有些古老的记忆，也会在半睡半醒之间呈现？那迷糊的状态，难道就像是被催眠中，可以清晰地回忆起，许多在白日完全遗忘的往事？

顺着这个道理去想，我便做个尝试，每次早晨醒来，并不急着睁眼，让自己又浮回那半睡眠的状态，并想象不是躺在现实的家，而是初来异国的那栋红屋、来美之前的旧宅，甚至更往前推，到达高中时代的小楼、童年时期的日式房子。

我闭着眼睛，觉得四周全变了。一下子浮进竹林、一会儿摇过蕉影，还有成片的尤加利树和瘦瘦高高的槟榔，我甚至觉得一切就真真实实地在身边，可以立刻坐起身、跳下床，跃过榻榻米，拉开纸门，走过一片凉凉的地板，再拉开玻璃门，站在阶前，嗅那飘来的山茶花的清香和收拾昨夜办"家家酒"的玩具！

多么美妙的经验哪！在这半睡半醒之间，我甚至浮回了最早的童年，那不及七里香高的岁月。我想，说不定有一天，我会悬身在一片流动的液体之间，浮啊！荡啊！听到那亲切的、规律的、咚咚的音响，那是我母亲的心音……

我也想，有一天自己离开这个世界，会不会也像做了一场梦，在另一个现实中醒来？那么，我宁愿不醒，闭着眼睛，把自己沉入记忆的深处，回到我的前生。

　　只是前生会否还有前生？爱人之前是否还有更爱的人？如同我那朋友半夜醒来，竟唤着他前妻的名字？

　　我更疑惑了！迷失在这半睡半醒之间……